KB068100

유럽 축구 직접 만나러 갑니다

일러두기

- 본 도서는 국립국어원 표기 규정 및 외래어 표기 규정을 준수하였습니다.
  다만 일부 선수명이나 단체명, 리그명 등은 실제로 사용되는 표기를 따랐습니다.
- 응원가는 <　>로 표기하였습니다.

축구 대장 곽지혁의 사인 도전기

유럽 축구 직접 만나러 갑니다

곽지혁 지음

영진미디어

추천의 말

곽지혁이 어떤 사람이냐 묻는다면 ‘대단하다’는 말이 먼저 떠오른다. 우리가 처음 알게 된 과정부터 함께 여행을 다닌 시간과 한국에서 술잔을 기울였던 모든 순간들까지, 곽지혁에게는 그 누구에게도 없는 ‘무언가’가 있다.

축구와 여행이라는, 자신이 오랜 시간 사랑해 온 두 가지를 엮어 직업으로 갖게 된 지금의 모습이 바로 그 ‘무언가’의 힘이다. ‘무언가’에 가장 걸맞는 단어가 있다면 아마 ‘진심’과 ‘능력’이 아닐까. 무얼하든 진심이 있고, 어떻게하든 반드시 해낸다. 만나는 모두에게 진심을 보이진 않지만, 그러고 싶은 사람이란 마음을 먹으면 ‘노빠꾸’ 정성을 다한다. 그의 넓고 깊은 인맥의 비결이 아닐까.

여행가이드 ‘곽대장’으로서의 모습과, 유튜버 ‘축구대장’의 면모, 인간 ‘곽지혁’의 맨 얼굴에는 각기 다른 매력과 낯설음이 있다. 그걸 한 사람이 구현하는게 결코 쉽지 않은 일이라는걸 독자 여러분도 알 것이다. 필요한 순간, 필요한 역할에 충실하면서 늘 모자람이 없는 성과를 내는 모습이 나에겐 언제나 신선한 충격이자 자극이었다.

그런 곽지혁이 이번엔 책을 낸다고 한다. 출간 즉시 읽어볼 생각에 벌써부터 마음이 몽글몽글하다. 그러니 어찌 또 이 말을 하지 않을 수 있겠나. 곽지혁, 정말 '대단하다!'

서형욱 MBC 축구해설위원, 유튜브 <서형욱의 뽈리TV> ⚽

목차

TABLE OF

하프 타임

후반전 45분: 라리가

연장전: 세리에 A

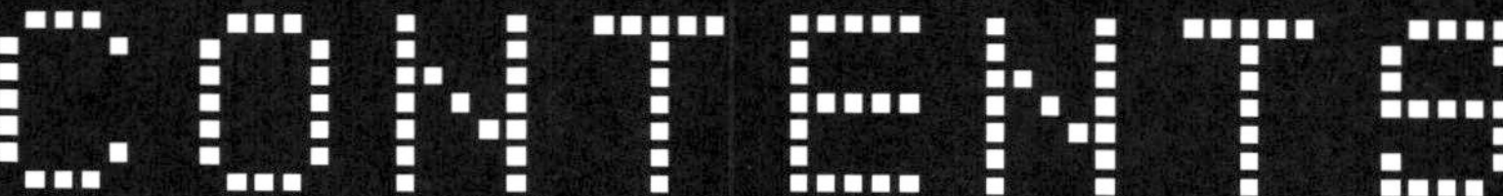

프롤로그, 워밍업

행복을 찾아서

15살에 첫 해외여행으로 일본을 경험했을 때 가까운 나라도 이만큼이나 문화가 다르다는 것에 큰 충격을 느꼈다. 그 뒤로 다른 나라를 여행하는 것에 큰 흥미를 느끼고 언제나 여행을 꿈꿔오며 지내왔다. 학창 시절에도 세계사, 국사에 관심이 많았고 심심하면 다른 나라 수도들을 외우며 지냈다. 그러다 유럽에 빠지게 된 건 고등학교 때였다. 형과 함께 유럽 배낭여행을 가게 되었고 런던, 파리, 로마, 프라하 등 유럽의 도시들을 여행하며 느꼈던 신기하고 새로웠던 모든 것들은 더 많은 곳을 다녀보고 싶은 욕구로 자리 잡았다. 1년 후에는 홀로 필리핀과 영국으로 떠나 기숙학원에서 살아보기도 하고 영국에서는 자메이카계 영국인 가족의 집에서 홈스테이 생활도 했다. 어릴 때 많은 경험을 해본 것은 내가 지금까지 해본 것 중 가장 잘한 일이 아닐까.

대학교에 가서도 열심히 아르바이트하며 방학 때마

다 해외여행을 다녔다. 그러다 유럽 여행 가이드 일을 시작했다. 유럽의 역사를 공부하는 건 너무나 재미있었지만 루브르 박물관, 바티칸 미술관의 수많은 작품을 공부할 때는 이 일이 과연 내게 맞는지 고민이 들었다. 유럽 역사에 관한 정보를 내 것으로 만들어 남들에게 설명하는 직업에 최선을 다했지만 매번 같은 곳을 가는 것이 금방 재미가 없어졌고 질렸다. 코로나19 이전에 마지막에 다녀왔던 여행도 일상이 되니 새로움이 없었고, 경기장에서 빠져나와서 맥주나 마셨다. 그러다 코로나19가 오고 집에서 지내는 시간이 길어지면서 후회했다. 그때 더 즐길걸. 이 책을 보는 독자님들께도 꼭 전달하고 싶은 말은, 흔하디흔한 말이지만 익숙함에 속아 소중함을 잃지 않았으면 좋겠다.

언젠가 고객의 한마디에 깨달음을 얻었다. 스위스의 아름다운 설산을 보고 있을 때 초등학생 꼬마 손님이 내게 다가와 한 말을 듣고 나는 반성했다. “대장님, 여기가 제가 생각하는 천국의 모습이에요.” 가이드 일을 하며 수없이 이곳에 오며 깊은 감명 대신 풍경조차 일로만 느껴졌는데 이런 아름다운 것들을 자주 볼 수 있다는 것에 다시 한번 감사하게 되는 순간이었다. 꼬마 손님의 말을 들은 이후 나는 많이 달라졌다. 좋아하는 사람들과 함께 여행을 가는 것이 소중해졌고, 매번 다른 사람들과 여행하는 것에도 새로움을 느꼈다. 현재 내가 업으로 삼는 축구 여행도 다르지 않다.

유럽이든 남미든, 가까운 제주도라도 누군가에게는 쉽게 갈 수 있는 그런 곳일 수도 있겠지만, 또 누군가에게는 일생에 단 한 번일 수도 있다. 여행을 떠난 시간만큼은 무조건 행복했으면 좋겠다. 이 책을 읽는 독자님들 모두 여행하는 그곳에서 행복했으면 좋겠고, 우리가 아무렇지 않게 보내는 하루하루도 여행이라 생각하고 지금 여기서 행복하게 지내길 바란다.

곽지혁 ⚽

유럽 축구 리그

영국

[프로 1부]
프리미어 리그
Premier League

[프로 2부]
EFL 챔피언십
EFL Championship

[프로 3부]
EFL 리그 1
EFL League One

[프로 4부]
EFL 리그 2
EFL League Two

[세미프로 5부]
내셔널 리그
National League

[세미프로 6부]
내셔널 리그 노스
National League North

[세미프로 6부]
내셔널 리그 사우스
National League South

[프로 1부]

FA 여자 슈퍼 리그

The Football Association Women's Super League

[프로 2부]

FA 여자 챔피언십

The Football Association Women's Championship

스페인

[프로 1부]
라리가
La Liga

[프로 2부]
라리가 2
La Liga 2

[세미프로 3부]
프리메라 디비시온 RFEF
Primera División Real Federación Española Fútbol

[세미프로 4부]
세군다 디비시온 RFEF
Segunda División Real Federación Española Fútbol

[세미프로 5부]
테르세라 디비시온 RFEF
Tercera División Real Federación Española Fútbol

[프로 1부]

프리메라 디비시온 페메니나

Primera División Femenina de España

[프로 2부]

세군다 디비시온 페메니나

Segunda División Femenina

이탈리아

[프로 1부]
세리에 A
Serie A

[프로 2부]
세리에 B
Serie B

[프로 3부]
세리에 C
Serie C

[프로 4부]
세리에 D
Serie D

[프로 1부]

세리에 A 펨미닐레

Serie A Femminile

[프로 2부]

세리에 B 펨미닐레

Serie B Femminile

프랑스

[프로 1부]
리그 1
Ligue 1

[프로 2부]
리그 2
Ligue 2

[세미프로 3부]
샹피오나 나시오날
Championnat de France de football National

[세미프로 4부]
샹피오나 나시오날 2
Championnat de France de football National 2

[세미프로 5부]
샹피오나 나시오날 3
Championnat de France de football National 3

[프로 1부]

디비지옹 1 페미닌

Division 1 Féminine

[프로 2부]

디비지옹 2 페미닌

Division 2 Féminine

독일

[프로 1부]
분데스리가
Bundesliga

[프로 2부]
2. 분데스리가
2. Bundesliga

[프로 3부]
3. 리가
3. Liga

[프로 4부]
레기오날리가
Fußball-Regionalliga

[프로 5부]
오버리가
The Oberliga

[프로 1부]

프라우엔 분데스리가

Frauen Bundesliga

[프로 2부]

2. 프라우엔 분데스리가

2. Frauen Bundesliga

LOCKER

라커 룸: 짐 챙겨 떠나기

첫 단추

LOCKER ROOM

⚽ 초등학생 시절, 아버지와 TV로 축구를 볼 때 했던 짧은 생각을 기억한다. '직접 현장으로 가서 축구를 보면 더 재밌겠다.' 그 속마음을 현실로 만든 건 그로부터 6년 뒤였다. 두려움은 없었다. 축구 경기의 생동감을 직접 보고 싶다는 생각 하나만 가득했다. 누군가는 축구를 보러 유럽까지 가는 것이 망설여진다며 고민하기도 한다. 자신이 투자할 수 있는 시간과 어느 정도의 경비만 있다면 고민하지 말고 일단 떠나라고 말하고 싶다. 나도 그렇게 시작했다.

하지만 첫 번째 해외 직관(직접 관람 또는 직접 관전을 줄여서 이르는 말)은 실패였다. 혼자 여행하는 것은 위험하다며 부모님의 권유로 단체 여행으로 가게 되었고 당연히 축구를 직관할 수 있는 시간은 없었다. 기껏해야 자유 시간에 구장 투어나 해볼 수 있었다. 그마저도 영국 일정엔 런던밖에 없어서 스탬퍼드 브리지Stamford Bridge와 에미리트 스타디움Emirates Stadium 정도를 가본 게 다였다. 스페인은 가보지도 못했고, 이탈리아에선 AS 로마A.S. Roma 기념품 가게에 가서 유니폼 하나 산 게 나의 첫 유럽 여행이었다. 아쉬운 마음만 가득 안고 집으로 돌아온 나는 다시 여행을 떠나고 싶은 마음을 주체할 수 없었다. 결국 6개월 뒤 어학연수를 핑계로 혼자 무작정 영국행 비행기에 올랐다. 그렇게 '축구'와의 인연이 시작됐다.

생애 처음 직관한 영국 프리미어 리그인 EPL 경기는 첼시 FCChelsea F.C.와 웨스트햄 유나이티드 FCWest Ham United F.C.의 경기였다. 운이 좋게도 어학원에서 나에게 살갑게 대해준 토마스 선생님은 축구를 좋아했고 수업이 끝난 후에도 자주 축구 이야기를 나누었다. 첼시 FC(이하 첼시)의 시즌티켓 홀더(한 시즌의 구장 경기 티켓을 가진 사람)였던 선생님은 나를 경기에도 데려가 주었다. 경기장에 처음에 방문했을 때 경기장의 모든 것이 낯설었고, 핫도그 하나 사 먹는 것도 어색했다. 경기가 시작하는 순간에는 내가 지금껏 경험했던 그 어떤 순간보다 가슴이 벅차올랐다. 관중들의 함성, 모두가 입을 맞춰 부르는 응원가에 입을 다물 수 없었고, 심지어 갖은 야유를 퍼붓는 사람들의 소리마저 악기 연주처럼 들렸다. 골이 들어가는 순간에는 생전 처음 보는 영국인 아저씨와 서로 부둥켜안으며 기뻐했고, 심판의 판정에 고래고래 소리도 질러보고, 그 모든 순간을 나도 모르게 즐기고 있었다. 경기가 끝나고 토마스 선생님의 재밌었냐는 질문에 '좋았다', '재밌었다'도 아닌 다음 주에 또 오면 안 되냐고 오히려 되물었다. 나의 축구 여행이 시작되는 순간이었다.

그날 이후, 어학원이 끝나면 여러 팀의 축구장을 방문했다. 주말에는 친하게 지내던 외국인 친구들과 스페인, 프랑스, 이탈리아로 축구 여행을 떠났다. 그저 어린 학생이었던 나와는 다르게 친구들은 직장인이었고, 그들은 내 경비까지 내줘가며 시간을 함께 보냈다. 지금 생각해 보니 그들이 왜 그랬는지 궁금하다. 오랜만에 연락해서 한번 물어봐야겠다. ⚽

여행의 시작

LOCKER ROOM

⚽ 축구와 관련된 직업을 갖게 될 거라고는 생각도 못했다. 막연한 꿈으로만 남아 있을 줄 알았다. 한번은 축구와 관련된 일을 하고 싶다는 마음에 런던에서 동전을 넣고 인터넷을 쓰는 카페에서 서형욱 해설위원님에게 이메일을 보냈던 기억도 난다. 하지만 꿈은 꿈일 뿐, 내 삶은 다른 방향으로 가고 있었다. 공부를 잘하지도 않았고 내가 잘할 수 있는 게 무엇인지 고민만 한창일 때, 군대에서 군 생활을 잘하고 있는 내 모습을 보고 군인과 잘 맞겠다고 생각했다. 상병 무렵부터 공부를 시작해서 육군3사관학교에 편입했다. 그런데 얼마 지나지 않아 무언가 잘못되었다는 것을 깨달았다. 내가 이렇게 평생을 군인으로 살면, 예전처럼 좋아하는 여행을 마음껏 다니고 축구도 다시 보러 갈 수 있을까? 물론 할 수 있다. 군인이라도 휴가를 내서 갈 수 있지 않은가. 하지만 휴가를 내고 틈틈이 다니는 것과 언제든 마음껏 다닐 수 있는 환경은 분명 다른 것이었다. 다른 삶의 방향을 결심하고 다음 날 아

버지께 말씀드렸다. “군인은 제가 가고 싶은 길이 아닌 것 같습니다.” 긴장하면서 솔직한 마음을 전했더니 아버지는 다른 말 없이 “마음이 가는 대로 해야 후회가 없지, 선택은 너의 몫이다.”라고 딱 한마디만 말씀하셨다. 그 말에 바로 자퇴 신청을 했고 나는 민간인으로 돌아왔다.

집으로 돌아온 나는 미래에 대한 고민에 답을 내렸다. 수없이 고민한 끝에 내린 결론은 ‘여행’과 ‘축구’였다. 이 두 가지를 충족시킬 수 있는 일은 아직은 잘 모르겠지만 여행사의 문을 두드리는 일부터 시작했다. 무작정 입사 지원서를 넣었다. 누구나 알 만한 ○○투어, △△투어부터 외국에서 생활하는 여행사들까지 전부 넣었다. 연락이 오는 곳은 거의 없었다. 전문대 졸업자에, 관련 전공자도 아닌 내가 그들에게 매력적으로 보이지 않는 건 당연했다. 한두 달이 지나고 구인 공고를 보던 중 익숙한 회사의 이름이 눈에 들어왔다. 어릴 적 부모님의 권유로 단체여행을 갔던 여행사였다. ‘유럽 단체 배낭여행 인솔자’를 구하는 공고였다. 다행히 당시 인솔자였던 형과 친분이 있었던 터라 바로 전화를 걸었다. 형은 내 이야기를 듣고 입사 지원서를 넣어보라고 했지만 형이 도움을 줄 수 있는 건 없다고 말했다. 그건 별로 중요하지 않았다. 그곳에 아는 사람이 한 명이라도 있다는 게 내겐 충분히 큰 힘이 되었다. 여행사의 본사가 부산에 있어서 수원에서 부산까지 기차를 타고 면접 장소에 도착했다. 지금도 생각하면 웃긴 이야기지만, 나는 당시에 회사 면접이 어떤 과정으로 진행되는지 전혀 몰랐다. 처음으로 보는 회사 면접이었을뿐더러 어린 나이라 주변 친구들은 직장 생활을 하고 있지 않았다. 누군가에게 면접은 어떻게 보는 것인지 물어볼 생각도 하지 않고, 그저 열정만 보여주면 합격할 거라는 무식한 믿음이 있었던 것 같다. 면접장에는 나 말고 세 명이 대기하고 있었는데 다들 단정한 정장 차림에 깔끔한 구두를 신고 있었다. 반면 나는 등에 'GOD SAVE THE QUEEN'이라고 써 있는 녹색 야상에 청바지를 입고, 유니언잭이 크게 그려진 닥터마틴 워커를 신고 있었다. 지금 생각해 보면 미친놈이라고 해도 이상하지 않았을 것 같다.

면접이 시작된 후 면접관들이 던진 질문에 나름 성실하게 답변을 했다. 다행히 별로 긴장되지 않았다. 무식한 놈이 겁도 없다고 모든 질문에 대답했던 것 같다. 면접이 끝나고 부산역 앞에서 돼지국밥 한 그릇을 먹고 다시 수원으로 돌아왔다. 그리고 친구들에게 떨어진 것 같다고 이야기했다. 그렇게 밤새 친구들의 위로와 함께 술을 마셨다. 다음 날 늦은 오후에 눈을 떴을 때 지역번호 '051'로 시작하는 부재중 전화와 인솔자 형의 부재중 전화가 찍혀 있었다. 합격이든 불합격이든 연락을 준다는 이야기를 들어서 당연히 불합격 전화라고 생각해 그대로 한숨 더 잤다. 오후 5시쯤이 되어서야 형에게 전화를 걸었을 때, 회사 전화를 못 받았냐는 첫마디에 합격했다는 사실을 알았다. 불합격이라면 회사 전화를 못 받았냐고 물어보지 않았을 거라는 생각이 들었기 때문이다. 그래서 나는 전화를 못 받았다는 대답 대신 “제가 합격했군요.”라는 말을 나도 모르게 내뱉었다. 형과의 통화를 마친 후 곧장 회사에 전화를 걸었고 합격 통보를 받았다. 그렇게 혼자 부산으로 내려가 새로운 인생의 전환점을 맞이하게 됐다. ⚽

킥오프

LOCKER ROOM

⚽ 처음 여행사에 입사하고 정신없는 날들이 계속됐다. 첫 직장이기도 했고, '유럽 여행 인솔자 겸 가이드'라는 직업에 알맞게 유럽 각 나라의 역사부터 박물관, 미술관, 예술 작품의 이야기까지 하루하루 공부만 하면서 교육을 받았다. 3개월이 지나고 드디어 사장님을 따라 유럽으로 인솔 교육을 나갔다. 일정 중 자유 시간이 생기면 축구장에 가볼 거라는 기대감을 품고 떠났다. 현실은 정반대였지만 말이다. 22일 동안 여행객들과 24시간을 함께 보낸다고 해도 과언이 아닐 만큼 빡빡한 일정이었다. 초보 인솔자에게 자유 시간은 결코 자유 시간이 아니었다. 나의 가장 큰 숙제인 길을 외워야 했고, 틈나는 대로 투어 중 녹음했던 사장님의 가이드를 들으며 내 것으로 만들어야 했다. 축구장의 '축' 자도 꺼내보지 못했다. 그렇게 기대와는 사뭇 다른 22일간의 교육을 마치고 한국으로 돌아와 실전에 투입됐다. 가이드 일은 생각보다 어렵지 않았다. 적성에 굉장히 잘 맞는 일이라는 생각까지 들었다. 처음

본 사람들과도 쉽게 친해졌고, 말주변이 괜찮아서 박물관, 미술관 투어도 곧잘 해냈다. 모든 게 뜻대로 잘 흘러가는 느낌에 자신감이 넘쳐났다. 그러나 체력적으로 힘들기는 했다. 유럽에 한번 나갈 때마다 60일 정도는 매일같이 투어를 해야 할 정도로 바쁘게 일하고 하루에 2만 보 이상 걷는 건 쉬운 일이 아니었다. 그렇게 자연스럽게 내 머릿속에서 축구는 잊혀갔다.

축구가 다시 내 머릿속에 들어온 건 일을 시작하고 2년이 지난 3년 차부터였다. 여느 때처럼 22일 일정의 팀을 인솔하고 있었고 투어의 중반쯤 로마에 왔다. 로마 3일 차에 종일 자유 시간이 주어졌고 나는 혼자 스페인광장을 거닐었다. 그러다 우연히 AS 로마의 스토어를 발견했고 들어가서 구경하던 중 마침 오늘 경기가 있다는 사실을 알게 됐다. 순간 머릿속이 번쩍했다. 그동안 바빠서 축구를 정말 잊고 살았다. 갑자기 경기를 너무 보고 싶어 바로 티켓을 끊었다. 기쁜 마음으로 숙소로 돌아가 잠시 쉬려는데 여행객 네 명이 나보고 저녁에 일정이 있냐고 물었다. 나는 오늘 AS 로마의 축구 경기가 있어서 보러 갈까 하는데 같이 가자고 권유했다. 축구 직관은 한 번도 해본 적 없다는 그들을 데리고 스타디오 올림피코Stadio Olimpico로 향했다.

경기장에 도착하자 기대와는 다른 모습에 살짝 실망했다. 경기장이 굉장히 크긴 하지만 거의 텅텅 비어 있는 구장, 육상트랙이 있는 경기장이라 축구를 관람하기에 시야도 그리 좋진 않았다. 가장 좋아하는 팀 중 하나인 AS 로마의 구장이기에 더 아쉬움이 컸던 것 같다. 나처럼 실망했을 동행인들에게 괜히 미안한 마음이 들었는데 아주 큰 착각이었다. 그들은 경기장을 보고 감탄하며 연신 카메라의 셔터를 누르고, 서포터즈들의 작은 응원가 소리에도 크게 감동했다. 축구를 그다지 좋아하지 않는 사람들이 90분 동안 그렇게 재밌어하는 모습을 보고 생각했다. '축구를 별로 좋아하지 않는 사람들도 이렇게 재밌어하는데 축구를 좋아하는 사람들끼리 축구 여행을 하면 얼마나 재밌을까. 하나의 공통 관심사를 가지고 만난 이들은 더욱 그 여행을 즐길 수 있지 않을까.' 하는 생각이 머릿속을 스쳤다. 나는 한국에 돌아오자마자 팀장님께 말씀드렸다. 축구 여행을 해보고 싶다고. 사실 처음엔 회사의 반대가 있었다. 테마 여행은 그땐 좋은 아이템이 아니기도 했고, 업계에서 이미 비슷한 시도들이 많았지만 대부분 실패로 끝났기 때문이다. 그래도 팀장님은 기획안을 만들어보라고 허락하며 힘을 실어주었다. 그때부터 축구 여행에 관한 모든 정보 수집에 돌입했다.

↖ 막무가내로 오른 출장길

MATCHDAY AT ANFIELD
LIVERPOOL FOOTBALL CLUB V TOTTENHAM HOTSPUR
STAMFORD BRIDGE
CHAMPIONS LEAGUE
LIVERPOOL FC
UEFA CHAMPIONS LEAGUE
TOTTEN17M V CHELSEA
TRUE RED
7 CRISTIANO RONALDO
HUDDERSFIELD
UNITED
Rl. Madrid
BARCELONA
FRANCESCO TOTTI
GROUP F
W.HAM V ARSENAL
NEWCASTLE UNITED
125 YEARS
CHELSEA V BARCELONA
TOTTEN17M
UNITED
CHELS V NEWCASTLE
THE BRIDGE
12th JANUARY 2019
JUVENTUS
THANKS FOR THE MEMORIES STEVIE!
LEICESTER
CHAMPIONS LEAGUE
MADRID 19
FINAL
MOHAMED SALAH
LEST WE FORGET
6th FEBRUARY 1958
ACMILAN
WOLVERHAMPTON V NEWCASTLE
11/02/2018
TOTTENHAM HOTSPUR V BORUSSIA DORTMUND
MANCHESTER CITY
TOTTENHAM

↖ 가이드 인솔 중

← 서포터즈 머플러

어학연수 시절 생각이 많이 났다. 외국인 친구들과 함께 축구를 보러 다니며 축구 선수들을 만나려고 기다리고, 사인받고, 사진 찍고 했던 기억들이 새록새록 떠올랐다. 그때의 기억들이 축구 여행 기획에 큰 도움이 됐다. 내가 축구를 직관하고 선수들을 만났을 때 느낀 그 벅찬 감동은 축구를 좋아하는 사람이라면 누구나 느낄 수 있을 거라고 확신했다. 그러려면 투어 일정을 위해 이동하고 기다려야 하는 충분한 시간이 필요해서, 박물관이나 미술관 등의 일정은 축구 투어 기획에서 과감하게 제외했다. 그렇게 기획을 어느 정도 완성하던 중에 벽에 부딪혔다. 가이드 경력이 쌓이다 보니 박물관이나 미술관, 도심 투어는 자신이 있었다. 그러나 축구 투어를 위한 축구에 관련된 역사와 정보는 많은 부족함을 느꼈다. 다시 축구 공부를 시작했지만, 재미와 별개로 너무나 방대한 양인데다 가이드를 하면서 병행하기에는 역부족이었다. 그렇다면 다른 방법이 있지 않을까. 축구 전문가가 동행해서 축구 이야기를 함께 나누고 정보를 제공하면 내가 할 수 없는 역할을 충족시킬뿐더러 축구 여행에 참여한 고객들의 만족도 또한 높아질 거란 생각이 들었다.

섭외에 관한 고민은 하지 않았다. 어릴 적부터 축구를 보면 TV에서 항상 듣던 목소리였고 한때는 저 사람처럼 되고 싶다고 꿈꿨던, 꼭 한번 만나서 이야기라도 나누고 싶었던 사람이 있었기에 망설임은 없었다. 곧바로 그 회사에 연락을 취했고 며칠 뒤 나는 어릴 적 동경의 대상이었던 서형욱 해설위원님을 만났다. 나는 기획하고 있는 여행에 관해 이야기했고, 여행 프로그램만큼은 자신이 있었던 만큼 단번에 오케이를 받을 거라 생각했지만 아니었다. 글로벌 카드 회사에서도 이전에 축구 여행을 기획했지만 실패했었다는, 오히려 부정적인 답변을 듣게 됐다. 그래도 그 자리에서 자신 있게 이야기했다. 다가오는 1월과 2월에 투어 상품을 1개씩 반드시 성공시키겠다고. 실제로 두 상품 모두 열 명 이상의 사람들과 함께 성공적으로 축구 여행을 다녀왔고, 축구 여행을 발전시키게 된 계기를 마련해 주었다. 상품 이름도 나름대로 괜찮았다. '축덕원정대'. 그렇게 나는 축덕원정대와 함께 수많은 경기를 보게 됐다.

축구 여행으로 어릴 적부터 가장 좋아하던 팀이었던 리버풀 FCLiverpool F.C., '꿈의 극장'이라 불리는 맨체스터 유나이티드 FCManchester United F.C., 리오넬 메시Lionel Messi, 크리스티아누 호날두Cristiano Ronaldo 등 당대 최고 선수들의 경기는 물론 남들은 한 번 보기도 힘들다는 엘 클라시코(El Clasico, 스페인에서 최고의 구단인 레알 마드리드 CF와 FC 바르셀로나의 더비 매치)를 다섯 번도 넘게 직관했다. 큰 경기들을 보고 나니 소규모 팀들에 자연스럽게 관심을 가지게 되었고 2부 리그 팀들의 경기도 수십 차례 보러 다녔다. 한 번쯤은 축구 경기가 질릴 만도 한데 그렇지 않았다. 매번 새롭고 매번 재밌기만 했다. 경기장에 가는 순간은 언제나 설렌다. ⚽

↖ 자리에 걸려 있는 유니폼들

FIRST

전반전 45분: EPL 프리미어 리그

맨체스터 유나이티드 FC

FIRST HALF

⚽ 맨체스터 유나이티드 FC(이하 맨유)는 국내뿐만 아니라 세계에서 가장 많은 팬을 보유한 구단이 아닐까 싶다. 맨유, 영국 축구팀 하면 누구나 가장 먼저 떠오르는 팀이자 우리에게는 박지성 선수의 팀으로 지금까지도 큰 사랑을 받는 팀이다. 내가 가장 많이 받는 질문 중 하나가 "가본 축구장 중에 어디가 제일 좋았나요?"라는 질문이다. 그 질문을 받을 때마다 나는 딱 세 개의 구장을 이야기하는데 그중 하나가 맨유의 홈구장인 올드 트래퍼드Old Trafford이다. 처음 올드 트래퍼드 경기장에 들어갔을 때 느꼈던, 말로 표현하기 힘든 그 압도된 기분은 아직도 생생하다. 웅장한 경기장의 규모, 8만 명 가까이 되는 팬들의 함성과 90분 내내 계속되는 응원가 소리는 내가 올드 트래퍼드를 최고의 경기장으로 뽑는 이유 중 하나다. 수많은 맨유의 경기를 보며 가장 많이 느꼈던 건 구단이 팬들을 생각하는 마음이 크다는 사실이다. 한 가지 예를 들자면, 올드 트래퍼드는 장애인 팬들을 위한 시설이 정말 잘 갖춰

져 있다. 물론 대부분의 EPL 구단이 장애인 편의시설에 굉장히 많은 신경을 쓰고 있지만, 맨유는 한 단계 위라고 생각한다. 일단 올드 트래퍼드는 장애인을 위한 좌석이 정말 좋다. 1층과 1.5층 높이에 좌석들이 배치되어 있고 휠체어가 편하게 오고 갈 수 있는 공간도 굉장히 넓다. 사실 수익만 생각한다면 구단 입장에서는 좋은 위치에 장애인을 위한 편의시설을 내주기란 쉽지 않다. 하지만 맨유는 그들을 위해 구장의 한 섹터를 다 포기할 만큼 시설을 제대로 갖추어 두었다. 맨유는 'MUDSA Manchester United Disabled Supporters' Association'라는 단체를 운영하고 있는데, 풀어서 이야기하면 '맨유 장애인 서포터즈 협회'이다. 1989년도부터 운영하면서 장애인을 위한 다양한 구단 정책을 실행해 왔고, 일례로 2009년 로마에서 열린 UEFA 챔피언스 리그(매년 유럽 각국의 리그에서 최상위 성적을 거둔 클럽이 모여 하는 경기) 결승전에는 무려 165명의 장애인 서포터즈들이 비행기를 타고 직접 로마에 가서 경기를 관람하고 오기도 했다. 그들을 위한 멤버십 제도도 따로 있으며 심지어 홈페이지까지 별도로 만들어 더욱 신경 쓰고 있다.

그렇다고 일반 서포터즈들을 신경 쓰지 않는 것도 아니다. 한창 축구를 보러 다닐 때만 해도 나는 대부분의 구단 멤버십을 가지고 있었는데, 멤버십에 가입하면 '멤버십 팩'이라는 웰컴 선물을 보내준다. 웰컴 선물의 구성도 맨유가 가장 좋았다. 맨유 서포터즈의 장점은 너무 많아서 하나하나 나열하기 힘들 정도다. 경기가 끝나고 나면 선수단 출입구 쪽에 팬들이 모여 있는데, 팬들이 선수들의 퇴근길 모습을 쉽게 볼 수 있게 현장을 팬 친화적으로 조성한 점도 맨유가 얼마나 팬들을 생각하는지 알 수 있다. 물론 선수들의 기분에 따라 다르겠지만, 경기 후 팬들을 그냥 지나치는 선수들이 많이 없는 구단이 맨유이기도 하다.

맨유 선수들을 만난 경험도 아주 많다. 가장 기억에 남는 건, 정확히 어떤 경기였는지는 기억이 나지 않지만 아주 늦은 시간의 경기였고 경기가 끝난 시각이 밤 11시였다. 경기 결과는 맨유의 패배였는데, 이럴 때는 선수들도 사람인지라 기분도 좋지 않고 팬 서비스를 하고 싶다는 생각이 들지 않는 게 당연하다. 그래도 혹시나 하는 마음에 나는 선수들을 기다리기로 했다. 선수단 출입구 쪽에 다다르니 내심 기대가 커졌다. 일단 평일 저녁 늦은 경기여서 그런지 기다리고 있는 팬들이 나를 포함해 스무 명도 채 안 되었다. 보통 그 정도의 인원이라면 선수들도 그냥 지나치려다 사인을 해주고 가는 경우가 워낙 많아서 약간은 기대하는 마음으로 기다렸다. 하지만 역시나 선수 대부분이 패배의 여운 때문인지 1시간 동안 퇴근한 선수들 중 팬들을 위해 팬 서비스를 해준 선수는 한 명도 없었다. 나는 기다리는 팬들이 나 포함 다섯 명이 될 때까지, 새벽 1시가 다 되어가는 시간까지 기다렸다. 승패와 상관없이 맨유를 응원한다는 마음을 전하고 싶었다. 그렇게 오랜 기다림 끝에 마주한 두 명의 선수가 있었는데, 안토니오 발렌시아Antonio Valencia와 루크 쇼Luke Shaw였다. 이미 2시간을 기다리는 동안 대부분의 선수가 그냥 지나갔던 터라 나는 큰 기대 없이 그들을 불렀다. "안토니오! Una foto, por favor(사진 한 장만 부탁해요)!" 그러자 그냥 지나가려던 안토니오가 갑작스레 발걸음을 돌려 내게 와주었다. 안토니오는 나뿐만 아닌 같이 남아 있던 팬들과 사진을 찍어주고 사인도 해주며 심지어 이런저런 담소까지 나누었다. 팬들과 이야기를 나누는 모습은 영락없이 옆집에 사는 친구 같은 느낌이었다. 오늘 경기가 잘 안 풀렸던 이야기부터 며칠 전 갔던 포르투갈 식당 음식이 맛있었다는 이야기까지, 옆에서 웃으며 듣고 있으면서도 참 신기하다는 생각이 들었다.

사실 작은 구단의 선수들이 팬 서비스를 하는 모습은 여러 번 보았지만 맨유와 같은 대형 구단의 선수들이 그렇게 하는 모습은 처음 보았기에 정말 놀랐었다. 당시 안

↖ 솔샤르 감독 이름이 적힌 유니폼과 사인

토니오가 맨유의 주장이어서 그랬는지 팬들을 위하는 마음이 많이 느껴졌고 책임감 있는 모습이 정말 멋져 보였다. 루크도 우리를 향해 걸어오며 왜 아직도 집에 가지 않냐고 물었다. 환하게 웃는 모습이었다. 경기에서 지고 나서 기분이 좋지 않았을 텐데 팬들에게 티 내지 않고 한 명 한 명 팬 서비스를 하는 루크의 모습은 나에게도 꽤나 큰 신선함이었다. 큰 규모의 구단에서 뛰는 이름 있는 선수들이 보여준 겸손함과 친근감은 지금 생각해 보면 내가 더 축구를 사랑하게 된 이유 중 하나였던 것 같다. ⚽

리버풀 FC

FIRST HALF

⚽ 리버풀 FC(이하 리버풀)는 맨유와 함께 영국에서 가장 인기 있는 구단이라고 말할 수 있다. 팬들의 응원 열기로만 따지면 단연 전 세계 최고라고도 뽑을 수 있을 것 같다. 개인적으로 좋아하는 팀이기도 하지만 전 세계적으로 팬층이 굉장히 두터운 팀이고 축구를 조금이라도 접했다면 리버풀이라는 이름을 한 번쯤은 들어봤을 만큼 유명한 팀이기도 하다. 맨유와 라이벌 구도를 이루고 있는데 이 두 팀의 역사를 다루는 건 정말 끝도 없다. 리버풀과 맨유 중 어느 팀이 더 명문 구단이냐는 질문에도 정답이 한쪽으로 치우치는 경우는 없다(두 팀을 응원하는 팬들이야 치우치겠지만). 리버풀은 지역색이 강하다. 우리나라로 치면 부산 혹은 제주도 정도로 비교하고 싶다. 일단 리버풀 로컬 사람들이 쓰는 영어를 듣는다면 깜짝 놀란다. “이게 영어라고?” 할 정도다. 처음 리버풀에 갔을 때, 마치 독일어를 하는 듯한 억양과 보통의 영국인과는 다른 어휘는 충격이었다.

리버풀의 레전드 선수 중 한 명인 제이미 캐러거Jamie Carragher는 거의 완벽에 가까운 리버풀 사투리를 쓰는데, 제이미 캐러거가 TV에 나올 때면 다른 지역 사람들은 자막을 본다는 얘기까지 나온다. 대개 바닷가 사람들이 거칠다는 이야기처럼 리버풀 사람들이 딱 그렇다. 굉장히 거칠다. 말투, 걸음걸이, 행동 하나하나가 우리가 생각하는 영국인의 젠틀함과는 거리가 멀다. 요즘 리버풀의 홈구장인 안필드Anfield에 갔다 온 사람이라면 모르겠지만, 내가 처음 갔던 2009년의 리버풀만 해도 구장 앞에 깨진 맥주병부터 시작해서 마치 할렘가를 연상시키는 모습이었다. KFC의 주문 데스크가 철창과 강화유리로 막혀 있던 모습도 생생하다. 그런 거친 성향이 경기장에서도 많이 나타난다. 안필드의 좌석 구역 중 'The Kop'이라는 관중석이 있다. 이곳은 리버풀이 곧 신앙인 사람들이 모여 응원하는 곳이다. 이곳에 앉는 사람들 또는 열렬히 응원하는 사람들을 'Kopite'라고 부르는데, 수많은 구장을 다녀봤지만 The Kop에서 Kopite와 리버풀의 유명한 응원가 <You'll Never Walk Alone>을 한 번이라도 불러본다면 저절로 리버풀 팬이 될 정도로 그 열기가 대단하다. 경기 90분 내내 선수들의 응원가를 부르고 소리를 지르는 모습을 보면 가끔 리버풀 팬들은 스트레스를 풀러 경기장에 오는 것 같다는 생각이 들기도 한다. 계속 이야기했던 대로 리버풀은 '열정'이라는 단어와 참 어울리는 팀이다. 팀을 사랑하고 진심으로 응원하는 팬들, 그런 팬들을 위한 구단의 정책들, 그 열기에 힘입어 더 열정적으로 뛰는 선수들, 삼박자가 참 잘 어우러진 팀이다.

재미있는 경험을 한 적이 있는데, 리버풀에 잠시 머물 때 홈스테이를 하던 집의 아저씨가 리버풀의 열성적인 팬이었다. 아저씨는 자주 나를 데리고 리버풀의 훈련장인 멜우드Melwood에 갔다. 도착하면 항상 차 트렁크에서 접이식 의자 두 개를 꺼내 훈련장 담벼락 아래에 두고 그 위에 올라가 선수들이 훈련하는 모습을 몰래 구경하고 사진도 찍고 했다. 그러다 경비원들에게 걸리면 줄행랑친 적도 많다. 리버풀은 선수들의 팬 서비스를 받기에는 조금 힘든 구단이긴 하다. 선수들이 경기를 마치고 퇴근할 때는 경기장 내에 위치한 주차장에서 차를 타고 나온다. 주변 도로를 통제하고 있는 경비원들 때문에 선수들에게 접근 자체가 쉽지 않다. 그래도 몇몇 선수들은 차를 도로 가장자리에 세우고 사인을 해주는 경우도 있는데 정말 흔치 않은 일이다. 나도 경기장 앞에서 선수들의 팬 서비스를 받아본 건 열 손가락 안에 꼽을 정도다. 훈련장도 마찬가지다. 지금은 신축 훈련장으로 옮겼는데 그곳은 나도 아직 가보지 못했지만, 예전 멜우드 훈련장도 선수들

↖ ↑ 리버풀 훈련장 앞에서

↖ 리버풀 경기장에서

과 만나는 일은 정말 어려웠다. 문 앞을 지키는 경비원들이 CCTV를 보고 미리 훈련장 문을 열었다 닫았다 하기 때문에 차를 세워서 팬 서비스를 하기에 선수들도 어려울 것이다.

한번은 정말 크게 감동한 적이 있는데, 2019년이었던 것으로 기억한다. 유럽 출장에서 업무를 마치고 약 일주일 정도 휴가를 받은 적이 있다. 나는 고민 없이 리버풀에서 시간을 보냈다. 내 생일이 얼마 남지 않아 나에게 주는 선물로 리버풀에서 경기를 보기로 한 것이다. 매일매일 선수들 유니폼을 들고 훈련장 앞에 걸어두고 종일 시간을 보냈다. 그러다 경비원들과 친해졌다. 3일 차쯤에는 경비원들이 뭐라도 마시면서 기다리라고 음료수를 건네주기도 했고 내가 배고파서 챙겨 간 샌드위치를 나눠 먹기도 했다. 그날도 선수들을 마냥 기다리며 모하메드 살라Mohamed Salah, 사디오 마네Sadio Mané, 제임스 밀너James Milner, 조던 헨더슨Jordan Henderson, 앤디 로버트슨Andy Robertson 순으로 유니폼을 걸어두었다. 그런데 훈련장으로 들어가던 승용차 한 대가 멈춰 서더니 웬 영국인 아주머니가 창문을 내리고는 나에게 말을 걸어왔다. 왜 트렌트 아널드Trent Alexander-Arnold의 유니폼은 없냐고 묻길래, 나는 “호텔에 있어요. 오늘은 안 들고 나왔어요.”라고 답했다.

아주머니는 뜻 모를 미소를 지으며 “넌 오늘 좋은 기회를 놓쳤어.”라고 말했다. 그러곤 훈련장을 들어가버렸다. 이게 대체 무슨 상황인가 싶어 친해진 경비원에게 물어봤다. “저 사람 누구예요?”

“아널드 엄마야.” 경비원 친구의 답을 듣고 나는 정말 큰 기회를 놓쳤다고 생각했다. 내가 만약 아널드의 유니폼을 가지고 왔다면 사인을 받아다 주려 했을 것 같다는 생각에 발로 땅을 차면서 후회했다. 하필 왜 오늘 들고 나오지 않았을까. 이 모습을 지켜본 경비원이 빙그레 웃으며 말했다. 아널드 엄마는 구단에서 일한 지 오래되어 내일도 출근할 테니 내일은 꼭 유니폼을 들고 오라고. 다음 날, 레스터 시티 FC Leicester City F.C. 의 경기를 보러 미리 티켓을 끊어두고 기차표까지 예약해 둔 상태라 밤새도록 고민했다. 어떡하면 좋지. 훈련장에 갈까, 레스터 시티 FC(이하 레스터 시티) 경기를 보러 갈까. 점심까지 고민한 나는 레스터 시티를 포기하고 리버풀 훈련장으로 향했다. 오로지 아널드의 유니폼만 들고. 그렇게 도착해서 경비원 친구들과 인사를 나누고 아널드 엄마의 출퇴근 여부(?)를 확인했다. 아직 오지 않았다는 답을 듣고 또다시 마냥 기다렸다. 훈련장에 온 지 2시간이 좀 안 됐을 무렵 아널드 엄마가 어제처럼 출근했고 아널드 유니폼 하나만 걸

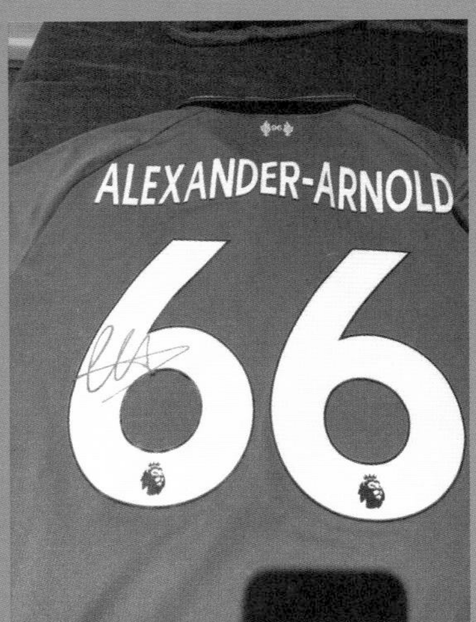

↑ 덕분에 받은 아널드 유니폼과 사인

↖ ↑ 마네, 로버트슨 유니폼과 사인

어 둔 나를 보고 활짝 웃으며 물었다. “오늘은 왜 아널드 유니폼만 가져왔어?” 나는 능청스럽게 대답했다. “당신이 사인을 받아다 줄 거니까요.” 아널드 엄마는 아까보다 더 활짝 웃으면서 내게서 유니폼을 건네받았고, 1시간 뒤 유니폼에 아널드 사인을 직접 받아 나에게 돌려주었다. 지금 생각해도 참 잊을 수 없는 경험이다. 이미 결제한 레스터 시티 경기 티켓과 기차표가 하나도 아깝지 않았다. 그보다 더 값진 경험과 바꿨다는 사실이 뿌듯할 뿐이었다.

한 가지 더 좋았던 경험이 있다. 이것도 같은 시기였는데, 바로 살라와의 잊지 못할 추억이다. 아널드의 사인을 받고 나서도 며칠 동안 훈련장에 갔었다. 이때는 오로지 살라와 마네에게 사인을 받으려고 두 선수의 유니폼만 걸어두었는데, 매일 그 두 선수를 마주치긴 했지만 항상 지나치기만 했었다. 손을 흔들어주고 웃어주었는데 그것만으로도 아주 행복한 경험이긴 했다. 그러다 리버풀 체류 마지막 날, 그날 리버풀이 검은색 유니폼을 출시해서 아침부터 기다려 유니폼을 사고 살라의 등번호와 이름을 마킹했다. 그리고 그 유니폼도 들고 훈련장에 가서 여느 때처럼 기다렸다. 그렇게 2시간가량을 기다리자 살라가 훈련장에 나타났다. 나를 보고 또 웃으며 인사해 줬는데 마지막 날이라 그랬는지 나는 더 열심히 유니폼을 흔들었다. 하지만 문이 열리자 살라는 그대로 훈련장으로 들어갔다. 아쉬운 마음이 들었지만 별수 있나. 선수들의 팬 서비스는 선수들 마음 아닌가. 그런데 갑자기 경비원 친구가 문을 다시 열더니 나보고 들어오라는 손짓을 했다. 나는 '응? 나한테 하는 건가?' 하며 반신반의했지만 그곳에 기다리던 사람은 나밖에 없었다. 당연히 나였다. 어리둥절해하며 들어가려니까 경비원 친구가 "살라 유니폼 들고와!"라고 내게 소리쳤다. "뭐지?" 하고 문 안쪽을 봤는데 살라가 차를 세우고 기다리고 있었다. 나는 그 모습을 보고 바로 살라의 유니폼을 들고 허겁지겁 뛰어 들어갔다. 살라는 내게 어디서 왔는지 오늘 경기를 보러 온 것인지 말을 걸어주면서 정성스레 사인을 해줬다. 나는 연신 고맙다는 말만 했다. 너무 당황해서 사진도 찍지 못했다. 어안이 벙벙해서 사진은 생각도 나지 않았다. 그렇게 살라의 사인을 받은 나는 훈련장 밖 입구에서 한동안 멍하니 서 있었다. '이게 뭐지? 무슨 일이 일어난 거지?' 하면서 반쯤 넋이 나가 있었는데, 처음 보는 나이가 지긋한 한 경비원이 내게 말했다. "내가 여기서 30년 넘게 근무했는데 너 같은 '럭키 가이'는 처음 본다." 맞다. 만약 내 인생 최고의 경험을 하나만 꼽으라고 한다면 단 1초의 망설임도 없이 이날의 경험을 고를 것이다. ⚽

↖ ↑ 살라 유니폼과 사인 받은 카드

맨체스터 시티 FC

FIRST HALF

⚽ 맨체스터 시티 FCManchester City F.C.는 최근 우리나라 축구 팬들의 많은 사랑을 받는 팀이 아닐까. 물론 현지에서도 인기 있는 팀이지만 약 10년 전부터 급부상한 팀이라 요즘에는 맨체스터 시티 FC(이하 맨시티)의 인지도가 더욱 높다. 축구 투어를 진행할 때도 보면 중·고등학생 친구들은 대개 맨시티 팬이기도 했다. 개인적으로 맨시티의 경기장에 가는 것을 아주 좋아한다. 일단 경기장 가는 길부터가 좋다. 맨체스터 시내에서 트램을 타고 역에 내리면 바로 경기장 앞이라 접근성이 좋다. 그리고 맨시티 스토어에는 세일하는 제품들이 넘쳐나서 지갑을 열 수밖에 없다. 심지어 경기장 투어를 하고 나면 10% 추가 할인도 해준다. 경기 당일 맨시티 구장에는 재미난 것들이 많다. 미니 게임 존, 미니 콘서트장 같은 팬들이 경기를 기다리면서 참여할 수 있는 시설이 많이 설치되어 있고 밴드의 공연, 레전드 초청 인터뷰 등 다양한 이벤트도 준비되어

있어 즐길 거리가 많다.

경기장 밖 볼거리 중 단연 최고는 선수 입장 이벤트다. 매번 홈경기 때마다 선수단 출입구 앞에 선수단 버스가 주차되고 선수들이 한 명씩 내리면서 장내 아나운서가 이를 중계해 주는 이벤트다. 선수들을 가까이에서 보려면 1시간 전부터 출입구 앞에서 자리를 잡고 서 있어야 한다. 나도 몇 차례 제일 앞자리에서 본 경험이 있다. 선수들이 지나가면서 인사도 하고 하이 파이브도 해주는 꽤 신기한 경험이긴 하다. 버스에서 내리는 순서가 꼭 정해져 있던 선수도 있는데 세르히오 아구에로Sergio Agüero 선수는 본인이 선수단 버스에서 항상 마지막에 내려야 경기가 잘 풀린다는 징크스를 가지고 있다. 그래서 맨시티의 선수 입장단 마지막엔 항상 아구에로를 볼 수 있다. 맨시티는 구장도 참 깔끔하다. 경기장 주변이 쓰레기 하나 안 보일 정도로 깨끗하고 항상 정돈되어 있다. 경기장 내부도 항상 말끔한 상태를 유지하고 있고 다른 구장들보다 약간 밝은 조명 때문인지 들어가면 환한 느낌이 들어 기분이 좋아진다. 하늘색으로 칠해진 좌석들도 환한 느낌을 주는 데 한몫하는 것 같기도 하다.

맨시티의 팬 친화적인 면모를 가장 잘 느낄 수 있는

부분은 훈련이나 경기가 끝난 뒤 선수들의 팬 서비스이다. 사실 선수 한두 명에게도 팬 서비스를 받기 힘든데, 맨시티는 대개 두세 명은 기본으로 팬 서비스를 해준다. 특히나 현역인 베르나르두 실바Bernardo Silva, 가브리엘 제주스Gabriel Jesus, 주앙 칸셀루Joao Cancelo는 정말 친절하고 팬들을 마주치면 그냥 지나치는 경우가 없다. 훈련장에서는 더욱 그렇다. 맨시티 훈련장은 사실 입구에 따라 다르다. 네 개의 출입구가 있어 그날 어디서 어떤 선수를 만날지는 복불복이다. 자주 드나드는 출입구 정도는 있지만 이마저도 예측 불허라 공칠 때도 많다. 나도 현지 팬들에게 들은 이야기로 호셉 과르디올라Josep Guardiola 감독이 선수들에게 시간적 여유가 충분하다면 절대로 팬들을 그냥 지나치지 말라고 이야기한다고 한다. 그래서 그런가, 훈련 시간이 임박했을 때 훈련장으로 들어가는 선수들을 보면 팬들에게 시계를 가리키면서 "늦어서 정말 안 된다. 미안하다."라고 말하며 들어가는 모습을 종종 볼 수 있다. 몇 년 전까지만 해도 맨시티에서 뛰었던 다비드 실바David Silva 선수가 그랬다. 생각해 보니 실바는 일찍 오는 걸 못 봤다. 항상 늦게 도착해서 "늦어서 미안하다."라는 말만 하고 들어간 기억밖에 없다. 맨시티 훈련장을 수십 번 갔던 나도 실바의 사인 한 번을 못 받았을 정도니까. 현지에서 같이 기다리던 영국 팬들도 "실바는 웬만하면 포기하는 게 좋아."라고 농담을 건넬 정도니 말 다했다.

베르나르두 실바는 정말 많이 만났다. 앞서 말했듯이 맨시티 훈련장에 갈 때마다 단 한 번도 빠짐 없이 팬 서비스를 해준 유일한 선수가 실바다. 그래서 나는 실바의 생일날 축하 카드와 함께 초코파이와 한국 과자를 선물했다. "실바, 생일 축하하고, 이건 한국에서 가져온 너의 선물이야." 그러자 좀처럼 웃지 않는 실바가 씩 웃으며 고맙다고 했다. 수줍어하던 실바의 미소가 아직도 눈앞에 생생하다. 실바와의 진짜 추억은 UEFA 네이션스 리그(유럽 축구연맹 회원국 국가대표팀끼리 벌이는 국가 대항 축구 대회) 결승전을 보기 위해 포르투갈에 갔을 때였다. 나는 그 당시 포르투갈 대표팀과 같은 호텔에서 묵고 있었다. 경기가 끝난 뒤 선수들과 코칭 스태프들이 트로피를 들고 호텔로 들어왔고 로비 한편에서 파티를 벌였다. 선수들이 이따금 지인들을 만나기 위해 호텔 중앙 로비로 나오곤 했는데 그때 실바를 보고 사진을 부탁했다.

그런데 실바가 웃으면서 "이 샴페인 만져볼래?"라고 했다. 실바가 들고 있던 건 선수들에게 지급된 우승 샴페인이었다. "정말 그래도 돼?"라고 묻자 "당연하지."라며 나에게 샴페인을 건넸다. 내가 맨시티 훈련장에 갈 때마

↑ 맨시티 버스

↑ 맨시티 VIP 석

↑ 실바 유니폼과 사인

다 항상 팬 서비스를 해줘서 정말 고마웠다고 하자 실바는 “That’s our job.”이라고 대답했다. 이 한마디에서 이 선수가 팬들을 얼마나 생각하는지 느껴졌고 실로 대단하다고 생각했다. 사실 선수들도 매일 찾아오는 팬들이 늘 좋기만 할까. 본인의 기분이 좋지 않을 때는 사람인지라 귀찮을 것이다. 그러니 팬 서비스는 본인의 자유 아니겠나. 하지만 팬 서비스 또한 책임감 있게 임하는 실바를 보면서 진심으로 감동받았다. ⚽

선수교체: EPL에서 만난 한국인

FIRST HALF

"EPL에서 만난 한국인"이라는 타이틀을 보면 대부분 손흥민 선수 혹은 박지성 선수를 떠올리지 않을까 싶다. 박지성 선수의 경기는 영국에 체류할 당시에 보러 간 적도 있고 손흥민 선수의 경기도 수십 차례 보러 다니기도 하며 사인도 여러 번 받아서 두 선수 모두에게 무척 감사하다. 아, 기성용 선수도 찾아갈 때마다 친절하게 사인도 해주고 사진도 찍어주어서 잊지 못한다. 하지만 내게 가장 큰 기억은 이청용 선수다. 이청용 선수가 크리스털 팰리스에 있던 시절, 볼턴 원더러스 FC(이하 볼턴)와 크리스털 팰리스 FCCrystal Palace F.C.의 FA컵(Football Association Cup) 경기로 기억한다. 열 명쯤 되는 투어 팀을 이끌던 시절, 투어 중에 이청용 선수가 경기를 한다길래 다 함께 보러 가자고 제안했고, 우리는 런던 저 먼 남쪽에 자리한 셀허스트 파크Selhurst Park 경기장으로 향했다. 경기장에 도착해서 다들 이청용 선수의 유니폼을 사고 그의 선발 유무만을 기다렸다. 내 기억으론 이청용 선수가 부상으로 복귀한 지

얼마 되지 않은 시점이라 경기에 나오지 않을 가능성이 높다. 다행히도 경기장 구경을 하던 중 이청용 선수의 선발을 확인하고 다 같이 소리 지르며 경기장에 입장했다. 셀허스트 파크는 워낙 작기도 하고 오래된 구장이라 특유의 엔티크함이 참 좋았다. 우리는 골대 뒤편에 자리를 잡았고 목이 터져라 이청용 선수를 응원했다. 마침 코너킥 상황에서 이청용 선수가 우리가 앉아 있는 골대 쪽으로 오자 누가 시킨 것처럼 다 같이 이청용 선수를 불렀다. 그 순간 우리 쪽을 보고 활짝 웃으며 엄지를 치켜올려 준 그의 모습은 정말 아직도 생생하다. 지금 이 글을 쓰면서도 감동이 밀려온다. 경기가 끝난 후 우린 경기장 밖으로 나와 선수 출입구 쪽에서 이청용 선수를 기다렸다. 때마침 선수 회복실로 들어가는 이청용 선수가 우릴 보며 얼른 씻고 나오겠다며 기다려달라고 했다. 믿기지 않았다. 선수가 인사해 준 것만으로도 고마운데, 금방 씻고 나온다고 기다려달라니…. 한껏 들뜬 마음으로 기다린 지 30분 만에 이청용 선수가 나왔고 그의 첫마디를 아직도 기억한다. "여행 오신 거예요? 여기는 런던에서도 상당히 거리가 있는 곳인데 이렇게 와서 응원해 주셔서 감사합니다." 여기서 끝이 아니다. 우리가 서 있던 곳은 주차장 근처라 지나가는 차들로 복잡했는데, 이청용 선수가 먼저 "이쪽으로 오세요, 다들. 거기 차 지나가서 위험해요."라

↑ 이청용 유니폼과 사인

고 말하며 우리를 챙겼다. 그 말을 듣고는 후광까지 비쳤던 것 같다.

그렇게 이청용 선수는 한 명 한 명 사인부터 시작해 셀카도 찍어주고 심지어 단체 사진도 찍어줬다. 그는 마지막까지 우리에게 감동을 주었다. “시간이 많이 늦었는데 기차 시간은 확인해 보셨어요?” 나도 까맣게 잊고 있었다. 핸드폰으로 서둘러 기차 시간을 확인해 보려는데 이청용 선수의 다정한 목소리가 들렸다. “제 차에 짐이 많아서 다 태워드릴 수는 없지만 한두 분이라도 기차역에 내려드릴 테니 기차 시간을 확인해 보는 게 어떠세요?” 잘못 들은 줄 알았다. 솔직히 말도 안 되는 상황이지 않은가. 경기를 보러 왔다가 따봉에 윙크까지 받았고 사인에 셀카까지 받아서 감당이 안 될 정도로 이청용 선수에게 취해 있는데 그가 쐐기 골을 넣었다. 이 에피소드는 누군가 내게 가장 팬 서비스가 좋았던 선수가 누구냐는 질문을 받을 때 신나서 자랑하는 이야기 중 항상 첫 번째다. 흔치 않은 경험일뿐더러 수많은 축구 선수들을 만난 내게 이청용이란 선수는 내 인생에서 평생 기억에 남을 소중한 추억을 선물해 준 너무나도 고마운 사람이다. ⚽

토트넘 홋스퍼 FC

FIRST HALF

토트넘 홋스퍼 FCTottenham Hotspur F.C.는 이영표 선수가 토트넘에서 뛰던 시절만 해도 크게 인기가 있는 팀이 아니었을뿐더러, EPL을 시청하는 사람이라도 토트넘 홋스퍼 FC(이하 토트넘)를 그저 중위권과 중하위권을 왔다 갔다 하는 그저 그런 팀 정도로만 기억하는 사람들이 대부분이었다. 나 또한 살아 있는 전설인 로비 킨Robbie Keane의 팀 혹은 로만 파블류첸코Roman Pavlyuchenko라는 잘생긴 공격수가 뛰는 팀 정도로만 생각했다. 하지만 지금은 대한민국의 자랑 손흥민 선수가 뛰는, 사랑하지 않으려야 사랑하지 않을 수 없는 그런 팀이 토트넘이다. 몇 년 전만 해도 영국 현지에서 우리나라 팬을 가장 많이 볼 수 있는 구장이 맨유 혹은 리버풀이었다면 지금은 단연 토트넘이다. 물론 런던을 연고지로 하고 있기도 하고 시내 중심에서 그리 멀지 않은 거리에 위치하고 있어 여행 겸 축구를 한 번 볼까 하며 쉽게 접할 수 있는 지리적인 장점도 한몫하기도 한다.

토트넘은 꽤나 유서 깊은 팀이다. 1부 리그 우승 경력도 2회나 가지고 있고, FA컵은 8회, EFL컵 4회, 유로파 리그 2회 우승 등 우승 경력이 화려한 팀이고 창단 연도도 1882년으로 웬만한 프리미어 리그의 팀들보다도 역사가 오래되기도 했다. 중위권으로 한동안 많은 시간을 보내긴 했지만 최근 손흥민 선수가 이적한 이후로는 더욱이 좋은 성과를 보이고 있어 이제는 명실상부한 프리미어 리그 내 강팀으로 자리 잡고 있다.

나는 런던에서 살아보기도 했고 또 가이드 일을 하면서 꽤 오래 머물렀는데도 런던에서 만난 현지 축구 팬 중 토트넘 팬은 많지 않았다. 물론 토트넘은 팬층이 굉장히 두터운 구단이기는 하지만 일반적으로 내가 런던에서 만났던 영국인들은 대개 아스널 FCArsenal F.C., 웨스트햄, 첼시 팬이 많았던 것으로 기억한다. 사실 토트넘은 예전 구장인 화이트 하트 레인White Hart Lane에서는 빈자리를 쉽게 찾을 수 있었고 지금의 토트넘 홋스퍼 스타디움Tottenham Hotspur Stadium에서는 구장도 커지고 좌석도 많아진 만큼 만석을 이루는 경우는 거의 없다. 북런던 라이벌인 아스널 FC(이하 아스널)에 비해 서포터즈의 규모가 작긴 하지만 개인적으로 새로 지은 토트넘 홋스퍼 스타디움은 다른 구장보다 최고의 시설을 갖추고 있다고 본다. 가장 최근에 지어졌기에 당연한 얘기지만 말이다.

토트넘은 좋은 추억이 많은 팀이다. 손흥민 선수가 이적한 이후로 관심을 많이 가지며 경기장도 자주 찾았다. 손흥민 선수의 이적 초기에 경기장을 찾았을 때는 지금과는 다르게 선발 명단에 있기를 간절히 바라면서 라인업을 확인하고는 했다. 힘겹게 티켓을 끊고 들어갔는데 선발이 아닌 경우가 많기도 했다. 그리고 그 당시에는 경기장 안에서나 밖에서나 “SON”이라고 적힌 유니폼은 좀처럼 찾아보기 힘들었다. 2016년에 화이트 하트 레인을 방문했을 때 기억이 난다. 토트넘과 리버풀의 경기였다. 경기 전 스토어에 들러 손흥민 선수의 유니폼을 구매한 뒤 멋지게 착장하고 경기장으로 들어갔다. 사람들을 비집고 자리에 앉았는데 뒷좌석에 앉은 백발의 영국인 아저씨가 내 등을 두드리며 말했다. “Son, 피치(Pitch, 경기가 진행되는 공간) 위에 있어야지 여기서 뭐 해?” 안다. 참 식상하고 재미없다. 하지만 영국인들의 농담은 받아줘야 한다. 그들은 본인들이 굉장한 유머를 했다고 착각하고 있다. 나는 “아, 미안한데 나 오늘 Day-off야.”라며 받아쳤다. 내 대답도 재미없겠지만 영국인 아저씨는 호탕하게 웃으며 한국에서 왔느냐, 티켓은 어떻게 구했느냐 등 수다가 시작되었다. 경기 내내 뒷좌석 아저씨 세 명과 떠들었던 것

↑ 토트넘 홋스퍼 스타디움

↑ 케인 유니폼과 사인

↑ 경기를 즐기는 관중들

↑ 델레알리 유니폼과 사인

같다. 전반전이 끝나고 하프 타임에는 아저씨들과 맥주와 가벼운 먹거리를 즐겼고 경기가 끝나고 나서는 근처 펍에서 못다 한 이야기를 나눴다. 그들은 나를 무척 신기해했다. 한국에서 손흥민을 보기 위해, 여기까지 축구를 보러 왔다는 것에 놀라기도 했고, 심지어 한국에 EPL이 방송되냐고 물어보기까지 했다. 어떻게 영국 축구를 좋아하게 되었는지, 한국의 축구 문화는 어떠한지 등 수많은 질문이 쏟아졌다. 그렇게 그들과 정오에 처음 만나 저녁 7시까지 떠들었다. 시간이 가는 줄도 몰랐다. 그냥 그들과 어울려 놀다 보니 시간이 자연스레 지나갔다. 전화번호 교환도 하고 메신저도 교환했다. 지금도 연락하면 참 좋겠지만 그 무렵 런던 일정을 마치고 바르셀로나로 넘어갔을 때 가방을 도난당하는 바람에 핸드폰을 잃어버려 같이 찍은 사진이며 연락처며 남아 있는 게 없다. 그 뒤로 토트넘 구장에 갈 때마다 그분들을 찾아보려 했지만 아직까지 한 번을 마주치지 못하고 있다. 언젠가는 만나지 않을까 싶다.

토트넘 이야기를 하는데 손흥민 선수와의 추억을 빼놓을 수 없다. 나는 런던으로 출장을 가는 날이 많았고 그때마다 손흥민 선수를 만나기 위해 여러 차례 토트넘 훈련장을 찾아가곤 했었다. 그 당시에는 나도 정보가 없어서 무작정 훈련장 입구에서 기다려보기도 하고, 시내 쪽으로 나가는 도로 길목에 서서 기다려보기도 하고, 큰 사거리의 도로 한복판에서 기다려도 보고, 참 많은 시도를 했다. 그 많은 시도 동안 여러 선수를 만났다. 해리 케인Harry Kane, 크리스티안 에릭센Christian Eriksen, 델레 알리Dele Alli, 위고 요리스Hugo Lloris, 에릭 라멜라Erik Lamela 등 웬만한 스타플레이어들을 만나 사인도 받고 사진도 찍었다. 잠깐 손흥민 선수를 마주친 적도 몇 번 있었지만 아쉽게도 그때마다 운이 좋지 않았다. 한 번쯤 사인받기에 도전해 보았거나 내가 운영했던 유튜브의 영상을 본 사람들은 잘 알겠지만 팬들끼리 자리다툼도 치열하다. 특히나 선수들 유니폼에 사인을 받아서 판매하는 업자들을 쉽게 볼 수 있는데, 그들은 이미 선수들의 차 번호, 차량 색상 등 모르는 게 없기 때문에 그들보다 먼저 선수들에게 팬 서비스를 받기란 쉽지 않다. 그들과의 경쟁에서 매번 지다 보니 손흥민 선수를 서너 차례 마주쳤지만 한 번도 사인을 받거나 사진을 찍지 못했다. 그러다 한번은 내 차례가 되어서 손흥민 선수에게 유니폼을 건네려 다가가는데 신호등이 정지 신호에서 주행 신호로 바뀌었다. 손흥민 선수 차 뒤로 여러 대의 차가 줄지어 서 있기도 했고 과한 요구를 하는 건 아닌 것 같아, 내게 팬 서비스를 해주려던 손흥민 선수에게 "흥민 선수, 신호 바뀌었어요. 다음에 다시

오겠습니다."라고 말했다. 손흥민 선수는 "빨리 사인해 드려도 되는데…."라고 했지만 나는 괜찮다고 얼른 출발하라고 하며 그를 보냈다. 정말 아쉬웠지만 그게 맞다고 생각했다. 솔직히 그렇게 손흥민 선수를 보내고 숙소로 돌아오는 길에 너무 아쉬워 '아, 그냥 사인받을걸. 내가 왜 그랬지.'라는 말만 속으로 몇 번을 되뇌었는지 모르겠다.

몇 번의 실패 끝에 손흥민 선수를 제대로 만나게 된 건 유튜브를 시작하고 얼마 되지 않아서였다. 손흥민 선수에게 사인받기 도전 콘텐츠를 찍기 위해 런던에 왔을 때였다. 이날은 한국에서 온 팬 네 분과 영국인 팬이 세 명 정도 기다리고 있었다. 훈련장 입구에서 기다리고 있었는데 사실 나는 이날 자신이 있었다. 훈련장에 가기 전 정보를 얻기 위해 SNS과 현지 토트넘 팬 커뮤니티를 찾아보고 아주 알짜배기 정보 하나를 가지고 갔기 때문이다. 훈련장 입구에서 우측으로 조금만 가다 보면 왼쪽에 골목길이 하나 있는데, 여기서 손을 흔들고 있으면 선수들이 차를 세우고 팬 서비스를 잘 해준다는 어느 영국인이 올린 글을 하나를 봤다. 특히 손흥민 선수가 여기서 팬 서비스를 잘 해준다는 이야기까지 써 있었기 때문에 나는 그날 뭔가 '아, 오늘은 무조건 받겠구나.'라는 생각을 했다. 무려 3시간가량을 기다리면서 많은 선수가 지나갔는데 루카스 모라Lucas Moura 한 명을 제외하고는 모든 선수가 그냥 지나쳐 갔다. 사실 손흥민 선수 유니폼 말고도 토비 알데르베이럴트Toby Alderweireld, 얀 베르통언Jan Vertonghen, 해리 케인의 유니폼도 가져갔었기에 아쉽지 않았다면 거짓말이다.

그래도 손흥민 선수의 사인은 꼭 받을 수 있을 거란 믿음을 가지고 끝까지 기다렸다. 주인공은 마지막에 나타난다고 거의 선수들이 다 나갔을 무렵 손흥민 선수가 SUV 차량을 이끌고 훈련장 밖으로 빠져나왔다. 나는 같이 기다리던 팬들에게 얼른 골목길로 가 있으라고 말하고 손흥민 선수에게 "손흥민 선수! 저쪽 골목길에 팬들이 많이 왔습니다!"라고 외쳤다. 손흥민 선수는 내 말을 들었는지 고개를 끄덕이며 자연스럽게 골목길 쪽으로 차를 주차했다. 그러고는 반갑게 우리를 향해 인사해 주었고 한 명 한 명 사인을 해주고 사진도 찍어줬다. 심지어 사인을 해줄 때 이름을 물어보고 이름까지 손수 써주는 엄청난 팬 서비스였다. 나는 맨 마지막에 사인을 받았다. 손흥민 선수는 내게도 이름을 물어봐 주고 "TO. 지혁!^^"이라고 사인을 해줬다. 또 손흥민 선수가 핸드폰을 직접 들고 함께 셀카도 찍어줬다. 나는 수줍게 웃음지으며 그 순간을 즐겼다. 모든 팬에게 팬 서비스를 해준 손흥민 선수는 찾아와 주어서 고맙다는 인사와 함께 자리를 떠났다. 여운이 강했다. 그전에도 손흥민 선수를 만난 적은 몇 번 있었지만 이날은 처음으로 손흥민 선수에게 사인을 받은 날이기도 했고 왠지 모를 친밀감을 느낀 것 같다.

사람들은 보통 내게 "손흥민 선수 실제로 보면 어때요?"라는 질문을 참 많이 묻는다. 그때마다 꺼내는 이야기이기도 하고 벌써 3년이나 지난 사진이지만 가장 먼저 자랑하는 이야기이기도 하다.

↑ 손흥민 유니폼과 사인

HALF

하프 타임

유튜브의 시작

HALF TIME

⚽ 나는 2018년 부산에서 다니던 여행사를 그만두고 서울에 올라와 '미스터유럽'이라는 여행사를 만들었다. 처음엔 누구나 그렇듯 쉽지 않았다. 하루에 문의 전화를 한 통도 받기 어려웠다. 사실 회사를 만들고 2개월 정도는 아예 전화를 받아본 기억이 없다. 그러다 지인들의 도움으로 첫 팀을 꾸려 축구 여행을 떠날 수 있었고 이것이 유튜브를 시작하게 된 계기가 되었다. 함께 여행을 떠난 고객들과 축구 경기가 끝나고 내가 가진 노하우를 활용해 선수들의 사인도 받고 사진도 찍으며 여느 때처럼 나는 최선을 다했다. 이런 나의 모습을 본 한 고객이 이렇게 선수들을 기다리고 만나는 장면을 영상으로 찍어서 유튜브에 올리면 사람들이 좋아할 것 같다고 조언해 주었다. 처음에는 대수롭지 않게 들었다. '음, 그런가.' 하고 넘겼다. 더 정확히는 내가 유튜브를 자주 보고 있지도 않았고, 사람들 앞에 나서는 것을 딱히 좋아하지도 않았기에 엄두도 내지 않았다. 팀 인솔을 무사히 마치고 한국에 돌아와

회사 동료들과 의논을 했다. “유튜브를 하면 회사 홍보에 도움이 될까?” 하고 물었다. 다들 의견이 분분할 줄 알았는데 내 예상과는 다르게 모두의 대답은 하나였다. “무조건 하자.”

두려웠다. 솔직히 너무 무서웠다. 혹여나 실수라도 하면, 사람들에게 미움을 받게 되면 감당할 수 있을까. 만약 유튜브에 투자했는데도 회사에 도움이 되지 못하면 후회하지는 않을까 등 수십 가지 생각이 머릿속을 스쳐 지나갔다. 걱정으로 한동안 잠을 제대로 자기 힘들었다. 그렇게 한 달이 흘렀다. 여전히 여행 상품은 잘 팔리지 않았고 하루에 전화 한두 통 받는 것도 어려웠다. 매일같이 함께 ‘금방 잘되겠지.’ 하며 술잔을 기울였고 그때마다 나는 유튜브를 해야 할까 말까에 대한 고민을 속으로 수백 번은 했던 것 같다. 그렇게 길다면 길고 짧다면 짧은 한 달의 고민 끝에 나는 유튜브를 해보기로 마음먹었다. 그런데 막상 시작하려고 보니 뭐부터 해야 할지 몰라 막막했다. 채널은 어디서 만들어야 하는지, 영상은 어떻게 찍어야 하는지 정말 맨땅에 헤딩하는 것처럼 아무것도 아는 게 없었다.

일단 내가 어떤 영상을 찍을 것인지 목록부터 만들었

다. 구독자들에게 어떤 정보를 알려주어야 그들에게 도움이 될지를 생각했다. 사실 비법이라고는 특별한 게 없다. 열심히 발품을 팔아서 부지런히 움직이면 되는 일이었다. A4 용지 한 장 정도도 안 되는 콘텐츠의 목록을 가지고 여러 제작 회사를 찾아갔다. 지금 생각해 보면 참 무모하기도 했고 아무 생각이 없었던 게 아닌가 싶다. 다행히도 제작 회사들이 생각보다 콘텐츠에 대해 긍정적인 관심을 보였다. 아직 채널도 없고, 찍어놓은 영상이 하나도 없었지만, 그들은 오로지 내 이야기만 듣고도 잘될 것 같다며 당장 시작해 보라고 하거나 같이 해보자고 제안했다. 여러 회사에서 계약을 권유받았고 그중 가장 큰 회사와 함께 유튜브를 시작했다. 그렇게 나는 첫 유튜브를 찍기 위해 출장을 준비하고 런던으로 향했다. 출장비가 만만치 않았다. 담당 PD님과 나의 체류비만 해도 엄청난 금액이었다. 이것저것 하면 거의 천만 원에 가까운 돈이 지출되었다. 런던에 도착해서도 솔직히 이게 맞나 싶었다. 15일이라는 기간에 천만 원의 지출이 과연 그에 걸맞는 성과로 돌아올 수 있을까에 관한 의문이 끊임없이 들었다. 손흥민 선수를 만나는 장면부터 각 팀의 팬들과 인터뷰하고, 경기 직관 콘텐츠 등 약 5~6편 정도 되는 영상을 촬영하고 한국으로 돌아왔다. 채널을 개설하고 주변 사람에게 구독을 부탁했다. 구독자가 약 500명 정도가 되었을 때

첫 영상을 올렸다. 반응은 전혀 없었다. 첫 영상의 조회수는 5천 뷰도 안 됐다. 천만 원을 지출하며 고생하고 돌아왔더니 결과는 최악이었다고 해도 과언이 아니다.

그 이후로 꾸준히 영상을 업로드했고 그중 손흥민 선수의 토트넘 경기 영상은 그래도 약 2만 뷰로 나름 선방했다. 사실 구독자 2천 명 정도에서 그 정도면 좋은 성과라고 생각할 수도 있지만 지출한 금액에 비하면 실망스러운 결과였다. 그렇다고 그만둘 수는 없었다. 일단 시작했으니 한 방은 터트려보자는 마음으로 심기일전하고 다시 준비했다. 빠르게 재정비를 하고 새로 구인 공고를 올려 PD님을 채용했고 콘텐츠를 구상했다. 두 번째 런던 출장 때는 어느 정도 마음을 내려놓고 갔다. 영상도 가볍게 찍어보기로 했다. 그냥 편하게 내가 실제 경기를 관람하고 선수들을 만나서 사진 찍는 자연스러운 장면을 담고자 했다. 그렇게 부담감을 내려놓고 편안한 마음으로 영상을 찍어 현지에서 바로 업로드하자 점점 사람들이 우리 채널에 관심을 가지기 시작했다. 페르난도 요렌테 Fernando Llorente 선수의 유니폼을 직접 받는 모습을 담은 영상에서 처음으로 20만 뷰가 넘는 조회수를 찍었다. 영상 하나로 단번에 3만 명에 가까운 구독자가 늘었다. 게다가 호날두를 두 번이나 만나는 데 성공하고 그 영상들이 인기를 끌면서 빠른 속도로 채널이 성장했다. 현지에서 즉석으로 나온 아이디어들을 가지고 이것저것 해보다 보니 자연스럽게 결과가 따라왔다. 즉석 아이디어다 보니 계획도 없었다. 호날두를 처음 만나러 갔을 때에도 무작정 일단 포르투갈의 항구도시 포르투로 가서 포르투갈 대표팀이 묵는 숙소를 찾기 위해서 사방팔방 뛰어다니고 포털 검색부터 SNS 검색까지 안 해본 게 없었다. 정보를 수집하기 위해서 밤낮으로 잠도 못 자고 그렇게 얻은 정보를 가지고 콘텐츠를 만들었다. 영상 하나를 편집하기 위해 하루에 서너 시간밖에 못 자고 열심히 노력한 결과물이라 조회 수가 나오지 않을 때면 그렇게 힘이 빠질 수가 없었다. 돌이켜 보면 무언가를 위해 내 인생에서 가장 열심히 살았던 시간이라는 것에는 지금도 의심의 여지가 없다.

많은 사람이 큰 회사와 같이 일해서 유튜브가 잘된 거라고 말한다. 그런 말을 들을 때면 나는 화가 섞인 말투로 절대 그렇지 않다고 단호하게 이야기하곤 했다. 여러 방면에서 소속사의 도움을 받기를 원했지만 솔직히 그들은 무얼 해줄 생각이 별로 없어 보였다. 특히 콘텐츠의 발전 방향에 관한 도움은 한 번도 받아보지 못한 것 같다. 항상 “이런 콘텐츠 할게요.” 하면 “네, 그러세요.”만 들었던 것 같다. 소속사의 도움보다는 함께한 동료들과 힘을 모으고 머리를 맞대서 성장하는 기쁨을 누릴 수 있었다. 그래서 더더욱 뿌듯하고 성취감이 컸다. 그렇게 유튜브가 잘되면서 여행 사업도 잘되기 시작했고 몸과 정신이 힘들어도 한 단계씩 내 삶이 나아가는 걸 보고 느끼며 하루하루 감사하게 됐다. ⚽

코로나19와 리그 중단

HALF TIME

⚽ 회사와 유튜브를 시작하고 1년 반, 한국에서 시간을 거의 보내지 못할 정도로 일이 순조롭게 풀려나갔다. 힘들어도 나를 믿고 따라와 준 직원들을 위해서 그리고 나를 위해서 달리고 또 달렸다. 유튜브는 잠시 정체기가 있었지만 해외 리그에서 뛰는 한국 선수들에 관한 릴레이 콘텐츠를 진행하며 다시금 정상궤도에 올라가면서 꽤 즐겁고 행복한 날들을 보냈다. 하지만 그 행복도 그리 오래 가지는 못했다. 한동안 꽃길만 있을 것 같던 내 인생에 가장 큰 위기가 찾아왔다. 바로 코로나19로 인한 타격이었다. 처음엔 대수롭지 않게 생각했다. 나는 여행업을 직업으로 삼고 나서 여러 전염병을 경험했던지라 코로나19 또한 그리 오래가지 않을 것이라고 생각했다. 심지어 2019년 12월은 최고 매출을 기록하며 회사가 잘되고 있을 때라 상황이 나빠지지 않았으면 하는 마음도 있었던 것 같다. 나는 회사 직원들에게 보너스까지 주면서 "이거 어차피 두 달도 안 갈 테니까 다들 휴가라도 다녀오세요."

라고 하며 직원들을 휴가를 보냈고 나는 유튜브를 촬영하러 해외로 나갔다. 독일에서 유튜브를 촬영하며 시간을 보내는데 분위기가 이상했다. 곧 잠잠해질 거라 생각했던 코로나19는 점점 심각한 상황으로 변했다.

유럽 현지에서는 마스크를 살 수 있는 곳이 없을 만큼 상황이 좋지 않았고 헛기침만 해도 사람들의 따가운 눈초리가 느껴질 정도였다. 더 이상 유럽에 체류하는 것이 쉽지 않을 것 같아 일단 귀국을 결정하고 한국으로 들어왔다. 돌아와서도 이미 예정된 여행들은 전부 취소 처리를 할 수밖에 없는 상황이었고 우리는 그 모든 악재를 떠안았다. 그래도 금방 괜찮아질 거라는 희망은 버리지 않았다. 그동안 힘든 일도 금방 끝났으니까 길어져 봤자 길지는 않겠지 하는 작은 희망을 품었다. 회사를 시작할 때 직원 모두와 약속한 것이 있었다. 벌어도 다 같이 벌고 망해도 다 같이 망하자. 그 약속을 지키기 위해 나는 일을 못 하는 동안에도 직원들의 월급을 챙겼다. 물론 100% 다 주지는 못했지만 생활할 수 있을 정도의 금액은 계속해서 지원했다. 그렇게 허무하게 1년을 보내고도 코로나19는 사그라들 기미가 없었다. 오히려 점점 심해졌다. 심각한 상황에도 어떻게든 무엇이라도 해보겠다고 유럽으로 가기도 했다. 유튜브 영상도 찍어보고 이것저것 해보았지만 달라지는 건 없었다.

한 달 만에 한국에 돌아와서 무기력한 날들을 보냈다. 여기서 그만해야 하나, 지금이라도 포기하고 다른 길을 찾아야 하나, 이 상황을 벗어나기 위해서 무얼 할 수 있을까 끊임없이 고민했다. 답은 나오지 않았다. 내가 잘못해서 이런 상황이 벌어진 거라면 무언가 대책이라도 마련했을 테지만 아무도 해결해 줄 수 없는 불가항력의 자연재해 앞에서 내가 아무리 머리를 쥐어짠들 달라지는 건 아무것도 없었다. 흔들릴 만큼 흔들린 내 멘털은 이미 나의 수습 밖이었다. 나는 하루하루 집 밖으로 나갈 생각도 하지 못한 채 그저 무의미한 시간만 보냈다. 그렇게 또 시간이 흐르고 이제는 무엇이라도 해봐야지 하며 아르바이트를 시작했다. 지인의 치킨집에서 일을 도우며 조금이라도 삶의 생기를 찾아보려 했다. 열심히 닭을 튀기는 동안 생각은 더 확고해져 갔다. 이제는 여행 일을 놓아야 할 때가 온 것이다. 코로나19로 2년의 시간을 보낸 2021년 9월, 나는 회사 동료들에게 알렸다. “이 정도면 버틸 만큼 버텼다. 그만하자.” 마음 한편으로는 이렇게 놓는 것이 맞나 싶은 생각이 끊임없이 나를 괴롭혔다. 하지만 나도 수없이 많은 고민 끝에 내린 결론이었기에 더 이상 내 선택을 되돌리지 않기로 했다. 그렇게 나는 회사를 폐업했다.

홀가분하면서도 슬펐고 앞으로 나는 무얼 하며 살아가야 할지에 대한 새로운 고민에 휩싸였다. 그런 고민을 하는 게 너무 힘들어 집 앞 산책로를 걷고 뛰며 머릿속을 비웠다. 그리고 결심했다. “할 수 있다. 다시 일어설 수 있을 거야.”라며 스스로를 위로했다. ⚽

그 선수를 왜 좋아하세요?

HALF TIME

⚽ '축구 대장 곽지혁' 유튜브 채널을 한 번이라도 본 사람이라면 페르난도 요렌테 선수와의 추억을 물어온다. "왜 요렌테 선수를 좋아하세요?", "도대체 요렌테 선수가 어디가 좋아요?" 영국에서 어학연수를 하던 시절, 나는 프랑스인 친구, 스위스인 친구와 함께 여행을 다니곤 했다. 한번은 바르셀로나에 가게 되었고 우연찮게 축구 경기가 있어 다 같이 보게 됐다. 사실 친구들은 축구를 별로 좋아하지 않았는데 내가 조르고 졸라서 보게 됐다. 당시 FC 바르셀로나F.C. Barcelona에는 메시, 티에리 앙리Thierry Henry, 사뮈엘 에토Samuel Eto'o 등 너무 보고 싶던 선수들이 있었기에 포기할 수가 없었다. 무작정 셋이서 경기장에 도착해 매표소로 갔는데 생각보다 자리가 많이 남아 있어서 표를 쉽게 구할 수 있었다. 1층 자리를 구매했는데 어렴풋이 기억나기로는 약 15만 원 정도였던 것 같다. 그렇게 표를 끊고 경기장에 입장했다. 캄 노우Camp Nou 경기장의 웅장함과 대규모의 관중들까지, 들어서자마자 분위

기에 압도당하는 느낌이 들었다. 가슴 벅찬 순간이었다. 캄 노우에서 메시, 앙리와 같은 선수를 볼 수 있다니! 정말 꿈만 같았다.

경기가 시작되자 수많은 관중의 함성 소리에 전율이 느껴졌다. 흥분을 가라앉히기 힘들었고 분위기에 취해 경기를 즐겼다. 그런데 메시, 앙리에게 향하고 있어야 할 내 시선이 언젠가부터인가 다른 곳을 향하고 있었다. 상대 팀 아틀레틱 클루브 데 빌바오Athletic Club de Bilbao의 선수 중 키가 크고 사자 머리를 휘날리는 덩치 큰 공격수 페르난도 요렌테 선수가 눈에 들어왔다. 딱히 이유는 없었다. 그냥 너무 멋있어 보였다. 다부진 몸과 멀리서 봐도 잘생긴 외모, 최전방에서 상대 수비진을 휘젓고 다니는 모습은 경기장에 있는 그 어떤 선수보다도 멋졌다. 그렇게 나는 FC 바르셀로나(이하 바르셀로나)를 응원하러 왔다가 생각지도 못한 상대 팀 선수에게 빠져들었다. 요렌테가 후반에 교체되어 나가게 되었는데 남은 시간 요렌테가 뛰는 모습을 보지 못한다는 게 참 아쉬울 정도였다. 남은 경기에 집중하지 못하고 선수단 벤치 쪽으로 자리를 옮겼다. 그저 가까이에서 요렌테의 모습을 사진으로 담고 싶었다. 하지만 경호원들이 벤치 근처에 많이 있어 생각보다 접근이 쉽지 않아 결국 포기하고 친구들 옆으로 돌아왔다.

경기가 끝나고 나는 숙소로 돌아오는 내내 다음 날 아침에 일어나 시내에서 아틀레틱 클루브 데 빌바오(이하 아틀레틱)의 유니폼에 요렌테의 이름을 마킹할 생각뿐이었다. 그렇게 행복한 꿈을 꾸며 잠이 들었다. 이튿날, 아침 8시부터 일어나 친구들을 깨웠다. 얼른 준비하고 나가서 유니폼 사야 한다고. 친구들은 밤늦게까지 술을 거하게 마셔 도무지 일어날 생각을 못 했다. 결국 나는 혼자 시내로 나갔다. 사실 아무런 계획이 없었다. 어디서 유니폼을 파는지도 몰랐고 유니폼 가격이 얼마인지도 몰랐다. 일단 나는 숙소 근방이었던 람블라스 거리에 나와 유니폼이 보이는 곳이라면 다 들어가 봤다. 축구 용품 및 유니폼을 파는 가게만 여섯 군데 정도 들락거렸다. 하지만 그 어디에도 아틀레틱의 유니폼을 찾을 수가 없었다. 가게마다 직원들은 나에게 "그건 바르셀로나에서는 사기 힘들어. 빌바오에 직접 가야지."라고 했다. 그러다 아틀레틱 유니폼을 파는 곳을 한 군데 발견했다. 하지만 그곳에서는 따로 마킹 서비스를 하고 있지 않아 요렌테의 이름을 새길 수가 없었다. 너무나 아쉬웠다. 잔뜩 풀이 죽은 모습으로 숙소로 돌아왔다. 친구들은 날 보자마자 유니폼을 구했는지 물었다. 빌바오에 가지 않는 이상 아틀레틱 유니폼을 사는 건 거의 불가능하다는 것을 이야기했다. 그러더니 갑자기 둘이서 불어로 이야기를 나눴다. 스위스 친구는 불어권 스위스 출신이라 불어에 능통했다. 나는 왜 너희들끼리 불어로 이야기하냐고, 영어로 이야기하라고 하니까 둘이 활짝 웃으면서 내게 말했다. “다니엘, 그럼 빌바오 가자.” 장난치는 거라 생각하고 나는 빨리 밖에 나가서 구경이나 하자고 했다. 그랬더니 친구들은 “우리 어차피 스페인에 3일이나 더 있어야 하는데 갔다 오자.”라고 했다.

그리곤 호텔 카운터에서 빌바오로 가는 방법에 대해 이것저것 여쭤본 뒤 다음 날 비행기를 타고 갔다가 돌아올 때 야간 버스를 타기로 결정했다. 다음 날, 우리는 일찌감치 공항에 도착해 우리는 비행기 표를 끊었다. 비행기 값도 굉장히 저렴했다. 빌바오로 가는 비행기 안에서도 나는 그저 유니폼을 살 수 있다는 생각에 너무나도 설렜다. 친구들은 어제 빌바오 여행에 관련된 걸 찾아봤는데 구겐하임 미술관을 꼭 가야 한다며 내게 유니폼도 사고 미술관도 가는 게 우리 일정이라고 했다. 그렇게 비행기에 몸을 싣고 1시간가량 지나 빌바오에 도착했다. 공항에서 빠져나와 택시를 타고 경기장으로 향했다. 택시에 내리자마자 나는 곧장 스토어로 달려갔다. 이미 요렌테의 이름이 마킹되어 있는 유니폼들이 여러 벌 걸려 있었다. 고민할 필요도 없이 M 사이즈를 들고 계산대로 직진했

↑ 요렌테 유니폼과 사인

↑ 요렌테 실착 유니폼과 사인

↑ 요렌테 유니폼과 사인 컬렉션

다. 가격이 얼만지는 중요하지 않았다. 다른 것을 구경하고 싶은 마음도 별로 없었다. 그냥 그 유니폼이 너무 갖고 싶을 뿐이었다. 친구들은 내게 급하게 사지 말고 천천히 더 둘러보라고 했지만 난 이거면 충분하다고 말했다. 그리고 그 자리에서 태그를 제거하고 그토록 원하던 요렌테 유니폼을 입었다. 빌바오까지 온 김에 구장 투어도 하고 싶었지만 하필 그날은 구장 투어를 진행하는 날이 아니었다. 아쉬운 대로 구장 근처를 맴돌며 사진을 찍는 것으로 만족했다.

나중에 시간이 한참 지나고서 그때 사진을 찾아봤지만 도무지 찾을 수가 없다. 워낙 내가 그런 것들을 잘 보관해 두는 성격이 아니기도 하고, 그 당시 핸드폰을 영국에서 구매해서 사용했었는데 내 기억엔 그 핸드폰을 한국으로 돌아오기 얼마 전 잃어버렸던 것 같다. 사실 이때 친구들의 배려로 빌바오에 가지 않았다면 지금까지 요렌테라는 선수를 좋아했을까 싶기도 하다. ⚽

잊을 수 없는 그 이름, 페르난도 요렌테

HALF TIME

⚽ 가장 좋아하는 선수인 페르난도 요렌테 선수의 이야기를 더 안 할 수가 없다. 내가 가진 가장 소중한 기억에 요렌테와의 추억은 빠질 수가 없으니 말이다. 요렌테 선수를 상상하며 좋아해 오고 만나고 싶었지만 기회가 참 많이 없었다. 그가 스완지 시티 AFCSwansea City A.F.C.에서 뛸 때 스완지까지 직접 간 적이 있다. 하지만 그때는 부상으로 경기장에서도 훈련장에서도 그를 만날 수가 없어서 몹시 아쉬웠는데 토트넘으로 이적한다는 소식을 듣고 "아, 이제는 만날 수 있겠구나." 싶었다. 요렌테를 가장 처음 만난 건 토트넘이 웸블리 경기장Wembley Stadium을 잠시 사용할 때였다. 퇴근하는 선수들을 기다리다가 차를 세워 팬 서비스를 해주는 요렌테를 보았다. 그런데 이미 내 앞에 너무 많은 사람이 있어서 그냥 떠나보낼 수밖에 없었다. 이후에도 여러 번 그를 만나기 위해 노력했지만 매번 실패하다가 훈련장에서 처음 사인을 받았다.

여느 때와 같이 나는 요렌테 유니폼을 챙겨 갔고 훈련장엔 역시나 많은 팬이 있었다. 다행인지 모르겠지만 한국 팬 대부분은 스타플레이어나 손흥민 선수에게 사인을 받는 것이 목표였기 때문에 나는 가장 마지막에 출근한 요렌테에게 수월하게 사인을 받을 수 있었다. 하지만 출근할 때여서 짧게라도 이야기를 나눌 수 있는 시간이 없었던 게 참 아쉬웠다. 얼마 지나지 않아 내가 맨체스터에 체류하고 있을 때 토트넘이 맨시티와의 경기 일정 때문에 맨체스터로 오게 됐다. 나는 수소문 끝에 토트넘 선수단이 묵는 호텔을 알아냈고 호텔 로비 바에서 커피 한 잔 시켜놓고 그와 마주칠 순간만을 기다렸다. 기다린 지 10분도 안 돼서 거짓말처럼 요렌테가 호텔 로비에 나와 토트넘 관계자로 보이는 사람과 대화를 나누었다. 나는 그 대화가 끝나면 어떻게든 말을 걸 생각에 한껏 들떠 있었다.

대화가 끝나자마자 나는 재빨리 요렌테에게 다가가 마치 사랑 고백이라도 하듯 이야기했다. “요렌테, 나는 정말 너의 오랜 팬이다. 이렇게 마주하는 걸 꿈꿔왔다.”라고. 그는 환하게 웃으며 오른팔로 내 어깨를 감싸면서 “땡큐, 마이 프렌드.”라고 말했다. 나는 그 순간 무언가에 홀린 사람처럼 말을 내뱉었다. “혹시 다음 홈경기 때 내가 너의 유니폼을 받을 수 있을까?"라고 말이다. 요렌테는 "당연하지. 내가 널 본다면 꼭 줄게."라고 답했다. 우리는 악수를 나누었고 내가 정신을 차렸을 때는 이미 요렌테가 엘리베이터 쪽으로 걸어가고 있었다. 기쁘면서도 어리둥절해서 사진도 못 찍었다. 너무 떨려서 꿀 먹은 벙어리 마냥 말도 제대로 하지 못했다. 몇 시간 뒤 맨시티 경기장으로 가는 선수단이 버스에 탑승할 때도 요렌테를 기다렸다. 그는 나를 보며 살인 미소와 함께 윙크를 날렸다.

일주일 뒤, 나는 토트넘의 홈경기를 보러 런던으로 갔다. 혹시라도 요렌테를 더 가까이서 볼 수 있을까 싶어 비싼 돈을 주고 선수단 출입구 근처 좌석을 예매했다. 그리고 혹여나 요렌테가 까먹었을까 싶어 A4 용지에 스페인어로 유니폼에 대한 이야기를 적어 높이 들었다. 그가 워밍업을 하고 다시 라커 룸으로 들어갈 때 나는 그에게 큰 소리로 인사했다. 요렌테는 날 기억하는 듯이 웃으면서 손을 흔들어주었다. 사실 이때까지만 해도 유니폼을 받을 수 있을 거란 희망만 있었을 뿐 큰 기대는 하지 않았다. 경기가 시작되고 요렌테는 후반전 교체에 투입되어 경기장을 누볐다. 경기가 끝나고 나는 누구보다 빠르게 움직여 선수단 출입구 쪽에 자리를 잡았다. 요렌테가 걸어 들어왔고 나는 적어둔 종이를 보이며 "요렌테!" 하고 소리쳤다. 그 순간 기적이 일어났다. 요렌테는 망설임 없이 입고 있던 유니폼을 벗어 내게 건넸다. 살면서 처음 받아본 축구선수의 유니폼, 그것도 내가 가장 좋아하는 선수의 유니폼이었다. 기쁨을 표현할 말이 부족할 정도로 가슴이 벅차올랐다. 욕심이 났다. 이 실착(실제로 착용했다는 뜻의 줄임말) 유니폼에 친필 사인까지 받아 영원히 고이고이 간직하고 싶었다.

그래서 나는 2시간가량을 경기장 밖 주차장에서 유니폼을 들고 요렌테를 기다렸다. 요렌테는 본인의 유니폼을 보자마자 차를 세우고 내게 말했다. "Are you happy?" 하며 활짝 웃어준 그의 모습은 결코 잊을 수가 없다. 나는 외국에서 'DANIEL'이라는 이름을 쓰는데 요렌테는 친필 사인과 함께 "PARA DANIEL(다니엘에게)"이라고까지 써줬다. 이날만큼 행복했던 날이 없었다. 이후에도 요렌테는 토트넘 훈련장에서 자주 마주쳤고 우연하게도 암스테르담의 호텔에서도 다시 만나며 행복한 인연이 이어져 오고 있다.

요렌테가 SSC 나폴리S.S.C. Napoli로 이적한 뒤 그를 만나러 간 적이 있다. 나는 가지고 있던 요렌테의 유니폼을 총동원해서 가져갔다. 오스트리아 잘츠부르크로 SSC 나

↑ 요렌테 나폴리 유니폼과 사인

↑ 요렌테에게 선물로 준 신 가드

폴리(이하 나폴리)가 원정경기를 하러 간다는 소식에 나는 그 날 미리 잘츠부르크로 가서 공항에서 그를 기다렸다. 출구 앞에 요렌테의 유니폼을 전부 걸어두고 말이다. 나폴리 선수단들이 도착해 하나둘씩 나왔는데 주인공은 역시 마지막에 등장하는 법. 요렌테는 가장 마지막에 나왔다. 우린 반갑게 인사했고 요렌테는 자연스럽게 내 유니폼들 하나하나에 사인을 해줬다. 그는 “런던에 사는 거 아니었어?”, “여긴 경기 보러 온 거야?” 하며 내게 먼저 말을 건넸다. 나는 한국에서 만들어 온 선물을 건넸다. 축구 선수들이 쓰는 신 가드(정강이에 대는 보호 기구)로, 선수용으로 많이 사용하는 카본으로 제작한 것이다. 그러자 요렌테는 더 큰 감동을 선물했다. “나폴리 유니폼도 줄게.”

그는 약속을 지켰다. 경기가 끝난 뒤 시내에 있는 호텔에서 그와 만났다. 로비를 지키던 나폴리의 경호원 한 명이 갑자기 나를 불렀다. “너, 요렌테가 유니폼 준다고 했던 개지?” 나는 고개를 끄덕이며 내가 맞다고, 어떻게 아냐고 했더니, “공항에서 요렌테 옆에 서 있던 게 나야.” 라고 말했다. 그러면서 나를 선수단 가족들이 기다리는 공간으로 안내했다. 잠시 후 나폴리 선수단이 경기를 마치고 호텔로 들어왔고 요렌테와 마주했다. 요렌테는 나를 보며 위에 올라갔다 오겠다는 제스처를 취하고 30분 정도 뒤에 내가 기다리는 곳으로 와주었다. 약속대로 요렌테는 내게 나폴리 유니폼을 건넸고 나도 준비해 온 요렌테의 아들 선물을 건넸다. 한복을 선물하면 좋을 것 같아서 미리 한국에서부터 준비한 선물이었다. 요렌테는 신기해하면서 고맙다고 인사를 건넸고 우린 1시간 정도 대화를 나눴다.

헤어지기 전 요렌테는 내 인스타그램 아이디를 묻고는 팔로우를 했다. 요렌테는 내게 웃으며 “나폴리에도 경기 보러 올 거지?”라고 물었고 나는 신나서 대답했다. “당연하지. 나폴리에 가서 경기도 보고 꼭 만나러 갈게.” 나는 그다음 이어진 요렌테의 말에 감동받은 마음을 숨길 수가 없었다. “그때는 오기 전에 인스타그램으로 연락해. 내가 미리 경기 티켓을 준비해 줄게.” 눈물을 찔끔 흘렸던 것 같다. 나의 아이돌과 연락하고 지낼 수 있는 친구가 된 그 순간 죽을 때까지 잊지 못할 순간이자 성덕(성공한 덕후)의 반열에 오른 순간이었다. 정말 당장이라도 나폴리로 가고 싶었지만 코로나19가 터지면서 갈 수가 없었고 연락도 하지 못한 게 너무 아쉽다. 지금은 스페인의 SD 에이바르S.D. Eibar에서 뛰고 있는데 올해 기회가 되면 한번 꼭 가서 그를 만나고 싶다. ⚽

SECOND

후반전 45분: 라리가

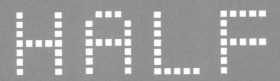

FC 바르셀로나

SECOND HALF

⚽ 축구를 잘 모르는 사람이더라도 맨유와 더불어 바르셀로나는 들어보았을 것이다. 이제는 점점 멀어져 가고 있지만 우리는 대부분 메시와 호날두의 시대에 살았다고 이야기할 수 있다. 그중 한 명인 메시가 속한 팀이 바르셀로나였기 때문에 더더욱 모르는 사람은 없을 것이다. 메시가 떠난 지금의 바르셀로나는 여전히 인기 있는 팀이기는 하지만 메시가 떠나면서 바르셀로나를 탈덕한 팬들이 있을 만큼 그의 영향력은 엄청났다.

바르셀로나는 개인적으로 참 매력적인 팀이라고 생각한다. 우리가 흔히 알고 있는 짧은 패스게임을 칭하는 용어인 '티키타카'는 어느 때부턴가 바르셀로나의 축구를 대변하는 말이 되었다. 티키타카 축구는 보는 사람으로 하여금 보는 재미를 더욱 느끼게 해주는 정말 매력적인 전술이다. 좁은 공간 사이를 짧은 패스들로 빌드업 Build-up 해나가는 과정부터 단조로운 듯하면서도 예상치 못한 허를 찌르는 플레이들은 바르셀로나의 축구를 사랑할 수밖에 없는 이유다. 또 엄청난 규모의 관중을 수용할 수 있는 바르셀로나의 홈구장인 캄 노우는 살면서 꼭 한 번쯤은 가봐야 하는 경기장 중 하나다. 캄 노우의 응원 문화는 생각만큼 발달되어 있지 않다. 물론 많은 팬이 부르는 <Cant del Barca>를 들으면 압도당하는 느낌이 들기는 한다. 하지만 경기 중에 느끼는 응원의 열기는 상상했던 것만큼 뜨겁지는 않다.

경기장에 입장한 사람들 중 관광객들이 꽤 많은 비중을 차지하는 것도 아마 영향이 있지 않을까. 바르셀로나는 다른 축구팀들과는 다르게 '협동조합'의 형태로 만들어진 축구클럽이다. 출자금을 낸 조합원들이 구단의 주인인 독특한 구단이다. 약 18만 명의 회원들이 있고 이 회원들이 투표를 통해서 구단주라고 할 수 있는 회장을 선출해 6년간 바르셀로나 구단을 이끈다. 이러한 형태는 스페인 문화와도 연결되는데 스페인은 역사적으로 각 지역마다 많은 차이가 존재한다. 문화, 언어 등 지역적으로 다른 점이 많아 지금도 각 지방마다 독립을 하려는 곳들이 여럿 있다. 그중 대표적인 곳이 바르셀로나가 속한 카탈루냐다. 카탈루냐는 과거 프랑코 독재정권이 스페인을 지배할 당시에 많은 탄압을 받았고 그 속에 응어리진 것들을 표출시키는 곳이 바로 축구장 캄 노우였다. 당시에 프랑코 정권의 특혜 아닌 특혜를 받았던 팀이 레알 마드리드 CF Real Madrid C.F.라서 그때부터 지금까지 바르셀로나와 견원지간이 된 것이다.

바르셀로나의 슬로건 'MES QUE UN CLUB'은 '클럽 그 이상'이라는 뜻으로 단순한 축구클럽 그 이상의 의미를 지니고 있다. 바르셀로나가 가진 이야기를 하나하나 꺼내보면 이보다 매력적인 팀이 없다. 한 가지 또 재미난 것은 바르셀로나의 조합원은 누구나 될 수 있다는 사실이다. 한화로 약 25만 원 정도의 돈을 내면 조합원의 자격이 주어지고 가입 경력이 어느 정도 되면 이사회에도 참석할 수 있다. 우리 같은 보통 사람들도 기업 대표나 재력가와 같이 조합원이 될 수 있다니, 신기하지 않은가. 또한 다른 구단들과는 다르게 바르셀로나는 구단 수익을 대부분 구단 내부 개선에 투자한다. 그 투자의 산실이 바로 전 세계 최고의 유소년 축구 시스템으로 불리우는 '라 마시아La Masia'이다. 메시가 한창 전성기일 때 1군 선수 중 절반 이상이 라 마시아 출신일 정도로 그 명성은 널리 알려져 있다. 우리나라의 백승호, 이승우 선수가 라 마시아 출신으로 유명하기도 하다.

한 가지 더 이야기해 보면 바르셀로나 유니폼에 한동

안 유니세프가 스폰서로 자리했던 시절이 있다. 그 당시 바르셀로나는 강팀 중에 강팀이었기에 대부분 기억하고 있을 것이다. 보통 유니폼 스폰서는 막대한 자금을 투자해 큰 구단의 유니폼 한가운데에 자신들의 기업을 알리려고 한다. 구단들도 유니폼 광고로 막대한 수익을 내기도 한다. 하지만 바르셀로나는 약 5년간의 스폰서 수익을 포기하고 유니세프로부터 한 푼도 받지 않았다. 오히려 유니세프에 클럽의 수익 일부를 기부하기까지 했다. 이러한 면모는 그들 스스로 'MES QUE UN CLUB'이라는 슬로건을 증명하는 구단 정신이 돋보이는 너무나 멋진 모습이 아닐까.

경기가 끝나도 선수들을 만나기 굉장히 어려운 구단이 바르셀로나이기도 하다. 경기 후에 지하 주차장에서 선수들이 차를 끌고 나오는데 통제가 잘되어 있어 잠시 차를 세워 사인을 해주거나 사진을 찍어주는 선수는 거의 없다고 보면 된다. 물론 기다리고 있으면 메시의 얼굴 정도는 볼 수 있다. 훈련장도 마찬가지다. 나도 여러 번 바르셀로나 훈련장에서 사인받기를 도전했지만 그 많은 시도 중 단 한 번도 성공한 적이 없다. 만약 바르셀로나에서 성공한 사람이 있다면 박수를 보낸다. 그리고 나에게도 꼭 팁을 전수해 주길 바란다. ⚽

↑ 바르셀로나의 슬로건 'MES QUE UN CLUB'

선수교체 2: 라리가에서 만난 한국인

SECOND HALF

⚽ 내가 라리가(La Liga, 스페인 최상위 축구 리그)에서 만난 한국인 선수는 사실 많지 않다. 딱 두 명의 선수인데 그 두 선수 모두 이야기하고 싶다. 첫 번째 선수는 누구나 예상할 수 있는데, 지금도 라리가에서 활약하고 있는 이강인 선수다. 이강인 선수가 발렌시아 CFValencia C.F.에서 활약하고 있을 당시에 경기를 보러 발렌시아에 방문했다. 사실 발렌시아까지 축구를 보러 온다는 게 쉬운 일이 아닌데, 의외로 한국에서 온 팬들이 많아서 놀랐다. 내가 발렌시아 CF(이하 발렌시아)의 스토어에서 본 분들도 꽤 있었고 K리그 선수들도 단체로 경기를 관람하러 오기도 했다.

경기장에 입장한 후에 한 번 더 놀랐는데 내가 앉아 있던 좌석 쪽에도 수많은 한국 팬들이 자리 잡고 있었다. 바르셀로나와의 경기이기도 했고 당시 이강인 선수를 응원하기 위해 모인 것이라 가슴이 벅찼다. 양 팀 모두 치열했던 경기라 경기 내용도 재밌었고 홈팀이었던 발렌시아가 2:0으로 바르셀로나를 제압해 경기장 분위기도 최고조에 달했다. 아쉽게도 이강인 선수는 교체 명단에는 이름을 올렸지만 출전하지 못했다. 경기가 끝나고 이강인 선수를 기다리러 선수단 출입구 쪽으로 향했다. 그리고 그곳에서 나는 놀라운 광경을 목격했다. 무려 100명 가까이 되는 한국 팬들이 이강인 선수를 기다리고 있었다. 순간 오늘 '이강인 선수의 사인을 받는 건 불가능하겠구나.' 생각했다. 그래서 나는 다른 선수들 사인받기에 몰두했다. 다니 파레호Dani Parejo, 카를로스 솔레르Carlos Soler 등 몇몇 선수들의 사인을 받고 혹여 이강인 선수가 나왔나 하고 출입구로 돌아갔는데 아직 이강인 선수는 나오지 않았다. 심지어 빗방울까지 떨어지기 시작해서 사인은 받지 못할 거라고 더욱 확신했다. 바로 그때 선수단 출입구에서 이강인 선수가 터벅터벅 걸어나왔다. 나는 눈을 의심했다. 설마…. 경기장에 자주 가보면 느끼는데 경기에 뛰지 못한 대부분의 선수는 경기에 뛰지 못해 아쉽기도 하고 기분이 좋지 않은 상태인 경우가 많기 때문에 팬 서비스를 잘 해주지 않는 경향이 있다. 선수도 사람이지 않은가. 게다가 사람이 많을 때는 더욱 그렇다. 많은 시간을 팬 서비스하는데에 할애해야 하기 때문에 더더욱 피하는 선수들이 많다. 하지만 이강인 선수는 달랐다.

이강인 선수가 나오자 팬들이 순식간에 이강인 선수를 감쌌고 통제 불가능 상태가 되었다. 이때 이강인 선수가 "모두 사인해 드릴게요."고 하자, 거짓말처럼 100명 가까이 되는 한국 팬들이 일사불란하게 한 줄로 줄을 섰다. 물론 발렌시아 직원들의 통제도 있었지만, 얼마나 아름다운 광경인가. 그렇게 이강인 선수는 1시간 넘게 한 명 한 명 사인해 주고 사진까지 찍어주며 팬 서비스를 했다. 비가 오는데도 그 자리에서 움직이지도 않고 그 많은 사람에게 그렇게까지 정성을 다해 팬 서비스를 하는 게 어디 쉬운 일인가. 이강인 선수도 아마 그날을 기억하지 않을까 싶다. 그날의 이강인 선수는 적어도 우리들에겐 경기장의 그 어떤 선수보다 가장 멋있는 사람이었다.

두 번째로 이야기할 라리가에서 만난 한국인은 아주 잠깐이지만 RCD 마요르카RCD Mallorca 소속으로 잠시 몸담았던 기성용 선수다. 유튜브를 열심히 하던 시절, 기성용 선수가 RCD 마요르카(이하 마요르카)로 이적하자마자 기성용 선수를 만나러 갔다. 남들은 신혼여행으로 온다는 마요르카를 나는 오로지 기성용 선수를 만나기 위해 갔다. 마요르카에 도착해서 짐을 풀고 사실 막막했다. 훈련장이

어딘지도 모르고 마요르카는 초행길이라 아무 정보도 없어 숙소에서 이것저것 찾아보는 것부터 시작했다. 심지어 경기도 없을 때 와서 기성용 선수를 어떻게 만나야 할지 자신이 없었다. 아무 생각 없이 일단 경기장으로 향했다. 만날 때 만나더라도 유니폼이라도 하나 들고 만나야 할 것 아닌가. 다행히 스토어는 문을 열었고 나는 고민도 없이 유니폼을 하나 집어 기성용 선수의 이름을 마킹해서 구매했다. 그리고 스토어 직원들에게 훈련장의 위치를 물었다. 혹시 몰라 훈련 여부도 물었지만 역시나 그것까지는 알지 못했다. 경기장에 온 김에 경기장 투어라도 하려고 했는데 그날은 경기장 투어가 없었다. 그런데 웬걸, 경비원 아저씨께서 잠깐 들어가게 해주겠다며 따라오라고 했고 피치 코앞까지 나를 데리고 가서 사진도 찍게 해줬다. 뜻밖의 친절에 기분이 참 좋았다.

그렇게 하루를 보내고 다음 날에는 훈련장으로 향했다. 대중교통으로는 도저히 갈 수 없는 곳이라 택시를 타고 한참을 달려 훈련장에 도착했다. 도착하자마자 제대로 왔다는 생각이 들었다. 현지 기자로 보이는 사람들이 훈련장 피치 쪽에 카메라를 준비시켜 두고 있었다. 이는 오늘 훈련이 있다는 것이다. 얼마 지나지 않아 선수들이 하나둘 훈련하러 나왔다. 다른 구단들의 훈련장과는 다르게 선수들과의 접촉이 너무나 쉬운 일이었다. 기성용 선수는 이미 선수단 분위기에 적응했는지 두 명의 선수와 이야기를 나누며 피치로 들어섰다. 약 2시간가량 훈련을 구경했다. 훈련장이 완전히 오픈되어 있어 구경하기도 편했다. 훈련이 끝나고 기성용 선수는 나를 보자마자 반갑게 인사해 주었다. 카메라를 보고 유튜브 채널에 대해 묻기도 했다.

"구독자가 몇 명이에요?"라는 기성용 선수의 질문에 나는 "16만 명 정도 됩니다."라고 답했는데 기성용 선수는 "자철이보다 많네."라며 농담을 던졌다. 사실 기성용 선수가 뉴캐슬 유나이티드 FC Newcastle United F.C.와 스완지 시티에서 뛸 때도 찾아가서 사인을 받았지만 이날은 느낌이 많이 달랐다. 훈련장 자체가 완전히 개방되어 있어서였을까, 기성용 선수도 나를 한결 편하게 대해주는 느낌을 받았다. 기성용 선수에게 앞으로의 계획, 스페인은 영국과 어떤 부분이 다른지, 지도자로서 계획이 있는지 등 다양한 질문을 했다. 이후 황희찬 선수를 만나러 간다고 하니 황희찬 선수가 UEFA 챔피언스 리그에서 골을 넣고 난 이후로 연락이 되지 않는다며 농담과 함께 황희찬 선수에게 영상 편지도 써주었다.

↖ ↑ 기성용 유니폼과 사인, 인증샷

무려 약 1시간가량을 기성용 선수와 이야기를 나누었다. 나는 한동안 벙쪄 있었다. 무슨 일이 일어난 거지? 내가 기성용 선수와 이렇게 마주 보고 편하게 대화를 하다니. 방금까지 아무렇지 않게 얘기하고도 믿기 힘들었다. 기성용 선수 입장에서는 사실 사인만 해주고 가도 되는데 영상에 출연하는 것도 불편했을 텐데 너무 반갑게 맞이해 주고 편안하게 대화를 이끌어주던 모습은 아직도 잊을 수가 없다.

레알 마드리드 CF

SECOND HALF

⚽ 레알 마드리드 CF(이하 레알 마드리드), 축구 역사상 가장 위대한 팀 중 하나라고 말할 수 있다. 얼마 전 막을 내린 UEFA 챔피언스 리그 결승에서 우승을 차지하면서 챔피언스 리그 14회 우승이라는 대기록을 달성하기까지 했다. 물론 종전 최다 기록도 본인들의 기록이긴 하지만 정말 대단한 기록이다. 스페인 라리가 우승 기록도 35회로 최다 기록을 보유하고 있는 만큼 레알 마드리드는 의심의 여지 없는 축구 역사상 가장 위대한 팀이라고 말할 수 있다. 게다가 레알 마드리드는 1부 리그인 프리메라리가 출범 이후 강등된 적이 단 한 번도 없는 구단 중 하나이기도 하다. 국내에도 레알 마드리드를 응원하는 팬들이 맨유, 리버풀을 응원하는 팬들만큼 많을 것이다. 항상 세계 최고의 선수들이 즐비한 라인업은 레알 마드리드의 경기를 챙겨 볼 수밖에 없게끔 한다. 레알 마드리드를 거쳐 간 선수들의 이름만 나열해도 입이 쩍 벌어진다. 선수들에게도 꿈의 팀이라고 불리는 데에는 다 이유가 있지 않을까.

레알 마드리드의 홈구장인 에스타디오 산티아고 베르나베우Estadio Santiago Bernabéu는 오래된 구장이기는 하나, 바르셀로나의 캄 노우와 견주어도 전혀 밀리지 않는 경기장이다. 웅장한 경기장에서 백색의 유니폼을 입은 서포터즈들이 경기 시작 전 응원가 <Hala Madrid y Nada Mas>를 부르는 것을 들을 수 있는데, 이건 반드시 카메라에 담아야 한다. 멜로디가 좋아 한 번만 들어도 자꾸만 입에서 흥얼거리게 된다.

레알 마드리드의 경기도 정말 수없이 직관했다. 축구 여행을 할 때뿐만 아니라 일반 투어 가이드 시절에도 마드리드는 자주 방문하는 도시였고 마드리드에 체류할 때 경기가 있으면 항상 직관했다. 죽기 전에 꼭 한 번쯤은 봐야 할 축구 경기인 '엘 클라시코'를 여러 차례 직관했는데 대부분 레알 마드리드 홈에서 직관했다. 이는 나의 자랑 중 하나이다. 특히나 호날두와 메시가 한창일 때라 볼 때마다 피 튀기는 싸움이었기에 관중들의 열기도 대단했고 경기 내용은 물론 하나부터 열까지 모든 면이 만족스러웠다. 비싼 금액을 지불한 가치가 있는 경기였다.

하지만 내가 기억하는 레알 마드리드의 최고의 직관 경기는 엘 클라시코가 아니다. 때는 2017년으로, 레알 마드리드와 UD 라스팔마스UD Las Palmas의 라리가 경기다. 사실 경기에 가기 전에는 큰 기대를 하지 않았다. 어차피 레알 마드리드가 상대 팀을 쉽게 제압할 경기라고 생각했고 같이 갔던 일행들도 한쪽으로 치우친 경기가 될 거라 경기 내용이 크게 재밌지는 않을 것 같다고 입을 모아 이야기했다. 그러나 경기는 우리의 예상과는 너무나도 달랐다. 경기 초반만 해도 분위기가 좋았다. 이스코Isco가 골을 넣고 레알 마드리드가 1:0으로 앞서면서 경기는 생각하던 대로 흘러가는 듯 했다. 그런데 골이 들어가고 3분이 채 지나지 않아, UD 라스팔마스(이하 라스팔마스)가 곧바로 동점골을 넣었다. 이때까지도 우리는 그렇게 말했다. "좋아. 이제 호날두가 한 골 넣고 '호우 세리머니'를 보면 오늘 경기는 성공이다."

1:1 동점으로 전반전이 끝났고 후반에 호날두의 골을 기대하며 다시 경기에 집중했다. 그런데 후반이 시작되고 얼마 지나지 않아 레알 마드리드의 개러스 베일Gareth Bale이 상대 수비수와 몸싸움을 벌이다 퇴장을 당해버렸다. 이때부터 경기는 한껏 과열되었다. 그렇게 레알 마드리드는 수적 열세를 지니고 라스팔마스를 상대했고 결국 세르히오 라모스Sergio Ramos가 슈팅을 막아내다 페널티킥을 내주었다. 라스팔마스는 이를 골로 연결하면서 1:2로 레

알 마드리드를 역전했다.

경기장 분위기는 더욱 과열되었다. 홈 팬들은 너나 할 것 없이 소리 지르고 욕까지 섞어가며 응원을 했다. 우리 또한 분위기에 이미 휩쓸려 미친 듯이 레알 마드리드를 응원했다. 그러나 상황은 좋아지지 않았다. 역전을 당하고 나서 얼마 지나지 않아 추가 골까지 라스팔마스에 내주면서 1:3으로 점수가 더 벌어졌다. 여기서부터는 사실 포기했다. 이미 수적으로 열세였고 2점 차로 벌어진 격차를 줄이기에는 역부족으로 보였다. 현지 팬들도 어느 정도 포기한 상태로 보였다. 후반 30분이 지나면서 팬들이 하나둘 자리를 박차고 일어나 경기장을 빠져나갔다. 우리도 승리를 어느 정도 포기하고 경기를 봤다. 옆에 앉아 있던 내 일행들은 '다들 호날두의 골 세리머니를 보지 못하는구나.' 하며 아쉬움을 감추지 못했다.

그렇게 경기가 끝나갈 무렵 레알 마드리드가 페널티킥을 얻어냈고 키커로 나선 호날두가 이를 극적으로 성공시키면서 한 골을 만회했다. 경기장은 다시 후끈 달아올랐다. 홈 팬들은 선수들을 향해 "VAMOS, VAMOS(Let's go를 뜻하는 스페인어)." 하며 외쳤다. 우리 또한 분위기에 도취되어 목청이 터져라 소리를 질렀다. 그러자 갑자기 레알

↑ 바르셀로나 여행 중

↑ 모드리치 유니폼과 사인

마드리드 선수들이 공격을 치고 나가더니 후반 45분에 호날두가 헤딩으로 동점골을 만들어냈다. 흥분 그 자체였다. 홈 팬들과 얼싸안으며 동점골의 기쁨을 만끽했다. 추가 시간에 제발 한 골만 더 들어가라고 미친 듯이 응원했지만 아쉽게도 거기까지였다. 그래도 그 열정적인 분위기와 감정은 살면서 느끼기 쉽지 않은 것들이었다. 얼마나 소리를 질러댔는지 나뿐만 아니라 일행들 대부분이 목소리가 쉬었다. 에피소드를 적는 지금도 그때의 기억들이 생생하게 떠오르며 온몸에 전율이 느껴진다.

레알 마드리드에서 꼭 경험해 봐야 할 것이 한 가지 있다. 바로 구장 투어다. 산티아고 베르나베우는 반드시 구장 투어를 신청하는 것이 좋다. 경기장이 멋진 것은 물론이지만 박물관은 정말 유럽 어느 구단을 가도 이만한 곳이 없다. 수많은 트로피와 역사적인 물건들이 많은데 그중 최고는 일렬로 쭉 진열된 UEFA 챔피언스 리그 트로피이다. 이거 하나만 보기 위해서라도 구장 투어를 할만큼 엄청나다. 이번 2021~22 시즌 챔피언스 리그 우승을 통해 1개가 더 추가되어 총 14개의 트로피가 전시되어 있는 모습을 상상해 보라. 실제로 두 눈으로 본다면 입을 다물 수가 없다. 역사적인 순간들을 영상으로 틀어주는 전시관들이 여기저기 있는데 이러한 요소들도 산티아고 베르나베우 구장 투어의 재미를 한층 높여준다.

레알 마드리드 선수들의 사인받기도 바르셀로나와 크게 다르지 않다. 경기 후에는 거의 불가능하다. 훈련장의 출구가 두 개인데다, 서로 거리가 좀 있어서 한 군데를 선택하면 그 출구로 나오는 선수들만 볼 수 있다. 나도 몇 번을 시도해 보았지만 유명한 선수들은 그냥 지나치는 게 대부분이고, 무엇보다 출구를 잘 골라야 하는 복불복의 선택지부터가 쉽지 않으니 행운의 여신에게 그날의 운을 맡기는 수 밖에. ⚽

OVER

연장전: 세리에 A

031

AC 밀란

OVERTIME

⚽ 2000년대만 해도 AC 밀란A.C. Milan은 좋아하지 않는 사람이 없을 정도의 인기 축구팀이었다. 나도 AC 밀란의 선수들을 좋아했고 "라떼는 말이야."라고 하며 축구 이야기를 시작하면 최고의 팀으로 꼽는 팀이기도 했다. 요즘은 공감하기 어렵겠지만 십여 년 전만 하더라도 AC 밀란과 대적할 만한 팀이 몇 없었다. 카카Kaka, 안드레아 피를로Andrea Pirlo, 파올로 말디니Paolo Maldini, 안드리 셰우첸코Andriy Shevchenko, 카푸Cafu 등 당대 내로라하는 선수들이 총집합한 축구팀이었다. EPL이나 라리가보다도 이탈리아 세리에 A(이탈리아 프로 축구 1부 리그)가 최고였던, 지금은 상상하기 힘든 그런 시절이었다. AC 밀란은 라이벌 팀 FC 인테르나치오날레 밀라노(F.C.Internazionale Milano)와 밀접한 연관이 있다. 연고지인 밀라노에 두 팀이 자리하고 있는데, 하나의 경기장을 두 팀이 홈경기장으로 사용한다. AC 밀란의 경기장 이름은 '산 시로San Siro', FC 인테르나치오날레 밀라노(이하 인터 밀란)는 '주세페 메아차 Giuseppe Meazza'라

고 부른다. AC 밀란은 경기장이 위치한 곳의 지명을 따서, 인터 밀란은 자신들의 레전드 선수인 주세페 메아차Giuseppe Meazza를 기리기 위해 각각 부르는 명칭이 다르다. 요즘은 주세페 메아차라고 부르기보다는 대부분 '산 시로'라고 부른다. 경기장 내부 투어를 해보면 그 때문에 재미난 점이 있다. 일단 두 팀이 홈경기장으로 쓰기 때문에 홈 라커 룸이 두 개다. 개인적으로 AC 밀란의 라커 룸이 인상적이었는데, AC 밀란의 라커 룸에는 게이밍 의자 같은 의자들이 선수들 라커 앞에 하나씩 놓여져 있고, 큰 라커 룸 덕분에 더욱 쾌적해 보인다. AC 밀란의 빨간색이 가득한 라커 룸과 인터 밀란의 푸른색이 가득한 라커 룸, 상반되는 두 공간을 둘러보는 재미가 쏠쏠하다. 또 한 가지 재미있는 사실은 두 팀의 홈 구장으로 쓰기 때문에 경기 때마다 벽과 카펫 등을 매번 바꾸는 것이다. AC 밀란의 경기 때는 빨간 카펫과 빨간 벽으로, 인터 밀란의 경기 때는 파란 카펫과 파란 벽으로 채워진다. 진행 요령이 있겠지만 매번 바꾸는 일도 참 쉽지 않을 것같다.

산 시로는 큰 경기장이긴 하지만 이탈리아의 여느 구장처럼 마치 오래전 영광에 머물러 있는 느낌을 주기도 한다. 가장 최근 방문했을 때는 즐라탄 이브라히모비치Zlatan Ibrahimovic를 만나기 위해서였다. 흔히들 이야기하는 '호즐메(축구 게임에서 사기적인 능력치를 가진 호날두, 즐라탄, 메시를 일컫는 말)의 즐라탄 사인 도전기'라는 콘텐츠를 만들고자 했다. 즐라탄의 이목을 끌기 위해 무엇이 좋을까 곰곰이 생각해 보았는데, 많이들 알고 있겠지만 즐라탄은 어릴 적 태권도 선수를 꿈꿀 정도로 태권도를 사랑했고 지금도 태권도 수련을 하는 것으로 알려져 있다. 그래서 나는 태권도 도장을 하는 지인의 도움을 받아 즐라탄에게 사인을 받기 위한 태권도복을 제작해서 이탈리아로 들고 갔다. AC 밀란의 훈련장은 처음 가봤는데 생각보다 꽤 거리가 있었다. 일단 대중교통으로 가기에는 너무 오래 걸리기도 하고 가는 방법이 복잡했다. 택시를 타고 움직였는데 정확히 기억은 안 나지만 택시비를 10만 원 좀 안 되게 지불했던 것 같다. AC 밀란의 최근 인기를 생각하면 사람이 없을 거라 예상했는데, 즐라탄 때문인지 기다리는 사람들이 은근 많았다. 생각보다 훈련장이 복잡하지 않아서 사인을 받을 수 있을 것 같아 느낌은 좋았다. 입구 앞 도로에 차가 많이 지나다니지 않아서 선수들이 차를 세워우고 팬 서비스를 하기에도, 팬들이 선수들을 기다리기에도 좋은 환경이었다.

도착하자마자 확신했다. 무조건 사인을 받겠구나. 자신감이 넘쳤다. 딱 보기에 그랬다. 문 앞을 지키는 경호원들도 크게 신경 쓰지 않는 느낌이었다. 아침 일찍 갔는데 선수들은 8시 30분이 지나가면서 한두 명씩 훈련장으로 출근하기 시작했다. 예상했던 대로 출근할 때는 대부분의 선수가 바로 훈련장 안으로 들어갔다. 이건 다른 팀도 거의 공통된 부분인데 출근할 때는 보통 인사 정도만 하고 들어간다. 많은 선수가 출근했고 나는 계속 즐라탄을 기다렸다. 그런데 9시 반이 지났는데도 즐라탄이 들어가는 것을 보지 못했다. 나는 주변에 있던 팬들에게 물었다. 맙소사, 밴 한 대가 들어갔다 나왔는데 그게 즐라탄이 타고 있던 차량이라고 했다. 절망했다. 운전기사가 밴을 몰고 구장으로 바로 출근하는 선수의 팬 서비스를 받는 건 하늘의 별 따기나 마찬가지다. 여러 훈련장에 사인받기 도전을 했지만 밴에서 문을 열고 팬 서비스를 해줬던 건 리버풀에서 알렉스 옥슬레이드 체임벌린Alex Oxlade Chamberlain이 유일했다. 그마저도 체임벌린을 아스널 시절부터 열렬히 좋아했던 꼬마 팬 두 명을 알아보고 사인해 주는데 옆에 있던 나에게도 사인을 해준 것이었다. 즐라탄이 들어갔다는 사실에 잠시 넋이 나갔다. 일단 밀라노에 온 것 자체가 즐라탄 이외에는 다른 목적이 없었고 다른 일정조차 생각하지 않고 있었기 때문에 어떻게 해야 할지 막막했다. 주변에 있던 팬들과 훈련장 경비원에게 혹여 즐라탄이 항상 밴을 타고 다니는지 물었다. 답은 "Every Day."

였다.

아무리 고민해 봤자 해답은 하나뿐이었다. 죽이 되든 밥이 되든 기다려보고 밴에서 창문을 열어주는 즐라탄을 기대하는 것뿐이었다. 날씨가 제법 쌀쌀했는데 시선이라도 끌기 위해 태권도복을 직접 입고 즐라탄을 기다렸다. 12시가 좀 지났을 무렵부터 선수들이 나오기 시작했다. 프랑크 케시에Franck Kessié, 테오 에르난데스Theo Hernández 등 몇몇 선수를 보았고 스테파노 피올리Stefano Pioli 감독과도 사진을 찍었다. 그러던 중 즐라탄이 타고 왔던 밴이 훈련장으로 들어갔다. 이는 즐라탄이 곧 나올 신호였다. 아니나 다를까 밴은 훈련장 안쪽 건물 앞에 서더니 잠시 후 차를 돌려 나왔다. 앞쪽 난간에 매달려 구경하던 팬이 즐라탄이 안에 탔다고 말했다. 나는 태권도복을 흔들며 즐라탄을 소리쳐 불렀다. 하지만 밴은 그냥 지나쳐 갔다. 차를 따라 열심히 뛰었지만 역부족이었다. 그렇게 큰 실패와 함께 허탈하게 숙소로 돌아왔다. 이대로 포기해야 하는지 고민이 들었다. 밴에 타고 있는 선수에게 사인을 받는 것 자체가 거의 불가능에 가까운 일이라는 것을 이미 너무 잘 알고 있었기 때문이다. 사실상 포기라고 생각했지만 어차피 하루를 더 밀라노에 머물러야 해서 다음 날도 훈련장에 가보기로 했다. 다음 날 어느 정도 마음을 내려놓고 다시 훈련장으로 향했다.

편한 마음으로 즐라탄을 기다리다가 뜻밖의 횡재도 있었다. '777'이라는 특이한 번호판을 가진 스포츠카가 훈련장으로 들어오길래 혹시나 선수일까 싶어 다가갔는데 AC 밀란의 전설 파올로 말디니였다. 말디니는 자연스럽게 창문을 열고 사진을 찍어줬다. 이탈리아 대표팀을 어릴 적부터 좋아했던 내게는 너무나 큰 선물이었다. 그러던 중 즐라탄의 밴이 어제와 같이 훈련장으로 들어갔다. 그리고 나오는 길에 밴을 운전하는 기사님이 경비원과 이야기를 나누는 것을 보았다. 순간 머릿속을 스친 생각이 있었다. 기사님에게 한국에서 즐라탄을 만나러 왔고 말이라도 전해줄 수 있다면 어떨까 하는 생각으로 다가갔다. 기사님은 그는 한국에서 온 내 이야기와 태권도에 관련된 이야기를 흥미롭게 듣더니 이따가 퇴근할 때 한 번 이야기해 본다고 웃으며 말했다. 큰 기대는 하지 않았다. 그로부터 4시간가량을 더 기다리고 즐라탄의 밴이 훈련장을 빠져나왔다. 그런데 기사님이 창문을 열고 내게 손짓했다. 누가 봐도 이쪽으로 오라는 손짓이었다. 설마. 흥분을 감출 수가 없었다. 나는 쏜살같이 달려갔고 운전석의 열린 창문 너머로 즐라탄을 만날 수 있었다. 나는 태권도복을 기사님에게 건넸고 즐라탄은 태권도복에 사인해 주며 말했다. “Do you like 태권도?” 나는 어안이 벙벙한 상태로 그저 “예스!”만 반복했던 것 같다. 사진을 찍거나 오랜 이야기를 나누지는 못했지만 거의 포기한 상태에서 만난 즐라탄은 감동 그 자체였다. 지금도 그 당시를 생각하면, 별거 아닌 그 한두 마디의 대화가 마음속에 진한 여운을 남겼다. 그런 감정들이 모이고 모여 내가 더 축구를 좋아하게 만들어주는 듯하다.

유벤투스 FC

OVERTIME

⚽ 유벤투스 FCJuventus F.C.를 모르는 사람이 있을까. 과거에도 그랬고, 현재도 그렇고 이탈리아 세리에 A 최고의 팀이다. 알레산드로 델 피에로Alessandro Del Piero, 잔루이지 부폰Gianluigi Buffon, 다비드 트레제게David Trezeguet, 파벨 네르베드Pavel Nedvěd 등의 전설적인 선수들은 어릴 적 세리에 A를 볼 수밖에 없는 이유를 만들어주었다. 지금의 유벤투스 FC(이하 유벤투스)도 명실상부 강팀이다. 스쿼드(운동 경기에서, 두 조로 나누어 행하는 경기의 한 조를 이르는 말)의 명성은 예전만 못하지만 그래도 유벤투스는 유벤투스다. 세리에 A 우승컵인 스쿠데토Scudetto를 가장 많이 들어 올린 팀도 바로 유벤투스다. 다만 아쉬운 역사를 가지고 있는 팀이기도 하다. 바로 칼초폴리Calciopoli. 2006년 축구계에 큰바람을 몰고 온 불미스러운 스캔들도 이탈리아 프로구단, 심판협회, 축구연맹 등 모두가 관여해 승부조작을 한 사건 때문이다. 칼초폴리의 주범 중 하나로 지목된 유벤투스는 두 번의 세리에 A 우승이 무효로 처리가 되었고 클럽 역

사상 처음으로 2부 리그인 세리에 B로 강등되었다. 당시 거물급 선수들이 팀을 떠났지만 델 피에로, 부폰, 네르베드 등의 선수들이 팀에 남아 유소년 출신과 힘을 합쳐 금방 세리에 A로 복귀했다. 그 이후로도 유벤투스는 세리에 A에서 전성기를 이어나가고 있다.

유벤투스는 나에겐 큰 의미가 있는 팀이다. 좋기도 하고 나쁘기도 한 애증의 팀이라고 할 수 있다. 유벤투스는 2019년 여름 한국에서 팀 K리그와 경기를 했다. 이때 많은 한국 팬들은 호날두를 보기 위해 경기장을 찾았다. 나 또한 그랬다. 하지만 '날강두 사건'이라고 우리가 기억하듯 호날두는 경기장에 들어서지 않았고 수많은 팬들은 실망감과 배신감으로 뒤섞인 마음을 안고 집으로 돌아가야 했다. 나도 허탈한 마음을 가지고 돌아가는데 유튜브 PD님이 갑자기 의견을 냈다. 경기 주최 측을 찾아가 보자고. 호날두가 45분을 뛴다고 광고까지 했던 터라 그 부분에 관한 진상을 우리가 파헤쳐 보자고 했다. 우리는 그렇게 상암에 있는 서울월드컵경기장에서 주최 측 사무실이 있는 강남까지 갔지만 누구도 만날 수 없었다. 놀라운 사실은 사무실을 찾아간 우리의 영상이 다음 날 SBS 뉴스에 나왔다는 것이다. 많은 분이 우리의 영상에 관심을 가져주었다. 사람들의 응원에 힘입어 우리는 한 발 더 나아가 보기로 했다. 바로 직접 호날두를 찾아가 물어보기로 했다. 얼마 후 우리는 유벤투스가 프리 시즌 원정경기를 위해 스웨덴으로 향한다는 소식을 듣고 곧바로 스웨덴행 비행기에 몸을 실었다.

스톡홀름에 도착은 했지만 세부적인 계획은 없었다. 우선 유벤투스 선수단이 도착해서 공항을 빠져나올 때를 노리고 약 3시간가량을 기다렸던 것 같다. 하지만 유벤투스 선수단은 일반인들이 나오는 출구가 아닌 대형버스가 직접 공항 안쪽으로 들어가 선수들을 픽업해서 호텔로 갔다는 소식을 공항 직원을 통해서 듣게 됐다. 답답했다. 난생처음 와보는 도시였고 정보 하나 없었다. 공항에 쭈그려 앉아 그때부터 각종 포털과 SNS 등 정보를 수집할 수 있는 수단은 가리지 않고 찾았다. 그러다 인터넷 서핑 끝에 그들이 묵는 호텔을 알게 되었고, 바로 그 호텔 예약을 진행했는데 당일은 예약이 불가였고 다음 날부터 가능했다.

그날 저녁 나는 피켓을 만들었다. 호날두에게 왜 한국에서 뛰지 않았냐는 말을 포르투갈어로 번역해 적었다. 그리고 이튿날 새벽부터 짐을 싸 들고 유벤투스가 머무는 호텔로 갔다. 체크인이 불가능해 카운터에 짐을 맡

겨두고 로비 주변을 둘러보았다. 곳곳에 유벤투스 옷을 입은 사람들이 보였다. 그렇게 끝없는 기다림이 시작됐다. 점심쯤 되자 사람들이 로비에 모여들었고 그곳에 바리케이드가 쳐졌다. 선수들이 이곳을 지나간다는 신호였다. 나는 가장 앞쪽 자리에서 또 하염없이 기다렸다. 아침 7시부터 거의 8시간을 아무것도 하지 않고 서 있었다. 그러다 네드베이트 유벤투스 부회장을 보고 호날두를 만나는 것은 이제 시간문제라는 생각이 들었다. 3시간 정도가 더 흐르고 난 오후 5시쯤, 선수들이 하나둘 왼쪽의 작은 출입구에서 나와 호텔 밖 정원으로 나갔다. 그리고 그토록 기다리던 호날두가 나왔다.

나는 준비한 피켓을 호날두를 향해 최대한 높이들고 흔들었다. 하지만 그는 보는 둥 마는 둥 하며 발길을 돌렸고 나는 "왜 한국에서 경기를 뛰지 않은 거냐?" 하며 소리쳤다. 역시나 대답은 들을 수가 없었다. 그렇게 호날두에게 아무런 답을 받지 못했다. 이후에도 10시간가량을 더 기다리기도 했고 호텔을 돌아다니며 어떻게든 마주쳐보려 했지만, 다시 그를 만나는 것은 불가능했다. 우리는 경기가 끝나고 선수단이 토리노로 돌아가는 비행기를 타러 갈 때 다시 만나보려 공항에서 기다렸다. 이때는 마우리치오 사리Maurizio Sarri 감독에게 피켓을 적어 들고 갔다. 사리 감독은 한국 기자회견에서 호날두가 보고 싶으면 이탈리아로 와라, 티켓을 주겠다고 이야기했었다. 나는 그래서 "보고 싶어서 직접 찾아왔다."라고 적힌 피켓과 함께 사리 감독을 기다렸고, 사리 감독은 피켓을 들고 있는 나를 보며 "너한테 한 말이 아니었다."라고 말했다. 그때 알았다. 그 말은 당시 질문을 한 기자에게 한 대답이었던 것이다. 그렇게 사리는 공항 안으로 들어갔고 호날두를 더 기다렸지만 호날두는 구단 버스에 탑승해 있지 않았고 그를 만날 수는 없었다. 그래도 포기하지 않았다. 얼마 뒤 우리는 유벤투스가 있는 이탈리아 토리노로 갔다. 유벤투스 훈련장을 거의 나흘 동안 오가며 호날두와 사리 감독을 만나려고 노력했다.

호날두는 단 한 차례도 마주치지 못했다. 물론 차를 타고 지나가는 건 얼핏 보았지만 전부 실패로 끝났다. 그러다 토리노 시내에서 밥을 먹다가 정말 우연히 유벤투스 팬인 중학생 아이와 그의 엄마와 이야기를 나누게 되었는데 그들이 사리 감독의 집을 알고 있었다. 나는 그 정보를 가지고 사리 감독의 집 앞에 찾아가 그를 기다렸다. 그때 참 많이 고민했다. 솔직히 그렇게까지 하고 싶지 않았다. 너무 과하다고 생각했다. 사리 감독에겐 나의 그런 행동이 공격적으로 느껴질 수 있다는 생각이 들었고 나는 여기서 그만하자고 이야기했다. 하지만 유튜브 팀원들의 생각은 많이 달랐다. 사리에게 최대한 조심스럽게 다가가서 이야기하면 괜찮을 거라고, 사리가 말한 그대로 티켓을 받으면 한국에 있는 팬들의 화를 조금이나마 풀어줄 수 있을 거라며 나를 설득했다. 솔직히 반신반의하는 마음이었다. 나 혼자 티켓을 받아 경기를 본다고 그게 좋은 모습으로 보여질 수 있겠냐고 했지만, 나를 제외한 다른 팀원들은 모두 생각이 같았다. 결국 사리 감독의 집 앞에서 차분하게 그에게 호날두를 보러 왔으니 티켓을 달라고 이야기하고 결국 티켓을 받아 경기를 관람했다. 촬영한 영상을 유튜브에 업로드한 뒤 많은 응원과 많은 비판을 동시에 받았다. 만약 그때로 다시 돌아간다면, 나에게 선택의 자유가 주어진다면, 나는 과연 어떤 선택을 했을지 궁금하다.

↑ 사리 감독에게 받은 티켓

↑ 호날두 유니폼과 사인

FC 지롱댕 드 보르도

OVERTIME

프랑스 1부 축구 리그인 리그 1Ligue 1은 파리 생제르맹 FC Paris Saint-Germain F.C., 올랭피크 리요네Olympique Lyonnais, 올랭피크 드 마르세유Olympique de Marseille 정도를 제외하고는 대부분 어떤 팀이 있는지 관심이 많지 않은 리그이다. 황의조 선수가 몸담았던 FC 지롱댕 드 보르도F.C. Girondins de Bordeaux만큼은 우리 기억 속에 확실히 자리하고 있다.

황의조 선수의 경기를 직관하러 FC 지롱댕 드 보르도(이하 보르도)에 방문했다. 프랑스의 보르도는 여행으로만 두세 차례 가보았지만, 축구를 보러 가본 건 처음이었다. 처음부터 뚜렷한 목표가 있는 여행이었다. 황의조 선수의 실착 유니폼을 꼭 받겠다 다짐하고 떠난 여정이었다. 준비도 많이 했다. 보르도 팬들이 황의조 선수를 더욱 좋아했으면 하는 마음에 한국 과자를 준비했고 그 위에 황의조 선수를 응원해 달라는 스티커도 만들어서 붙였다. 그리고 실착 유니폼을 받기 위해 작은 사이즈의 현수막도 제작해서 갔다.

보르도의 홈구장인 마트뮈 아틀랑티크Matmut Atlantique의 정보는 생각보다 많지 않았다. 일단 보르도 시내에 위치한 보르도 구단 스토어에 방문해서 유니폼을 구매하며 직원들에게 정보를 얻어냈다. 직원은 자기 일처럼 나서서 설명해 주었다. 시내에서 어떻게 가야 하는지, 두 개의 출구가 있는데 어느 쪽으로 선수들이 많이 나오는지 등 좋은 정보들을 많이 얻어냈고 나는 곧바로 훈련장으로 향했다. 바람도 많이 불고 날씨도 우중충해서인지 훈련장엔 우리 일행 말고는 아무도 없었다. 훈련장 안쪽으로 쭉 한 바퀴 돌며 경기장을 구경했다. 딱히 제지하는 사람도 없는 데다 경호원이 한 명도 보이지 않아 훈련이 없는 건가 약간 불안해졌다.

우리는 훈련장의 메인 출입구 앞에서 황의조 선수를 기다렸다. 한두 시간쯤 지나고부터 선수들이 나오기 시작했다. 보르도 선수들을 많이 알지 못해서 대부분 놓쳤지만. 어차피 목표는 황의조 선수 한 명뿐이었다. 꽤 많은 선수가 나가고 1시간가량을 더 기다렸지만 황의조 선수는 보이지 않았다. 그러던 중 강아지를 데리고 산책하는 아저씨 한 분을 만났는데 그분이 우리에게 먼저 말을 건넸다. "황의조는 방금 저 반대편 출입구로 나갔어." 평소였으면 크게 아쉬워하지 않고 다음 날 다시 왔을 것이다. 그런데 그날은 이상하리만큼 아쉬웠다. 훈련장의 분위기도 그렇고 만날 수 있을 거라 너무 확신한 탓이었는지, 아니면 너무 만나고 싶은 마음이 커서였는지 아쉬움의 무게가 유난히 컸다. 아쉬움을 안고 숙소로 돌아와 저녁을 먹고 산책이나 할 겸 강변을 따라 쭉 걷는데 운 좋게 보르도 팀의 버스가 세워진 호텔을 발견했다. 고민도 없이 버스 앞에 서 있는 사람에게 이 차가 보르도 팀의 버스가 맞는지 확인했다. 그는 친절하게 대답해 줬다. 보르도 선수들이 타는 버스가 맞고, 본인이 선수들을 훈련장에서 태워서 이곳 호텔로 저녁에 데려온다고 했다. 이게 웬 횡재인가 싶었다. 가벼운 발걸음으로 숙소로 돌아와 기쁜 소식을 일행에게 전하고 잠을 청했다.

다음 날 우린 점심까지 잠을 푹 자고 천천히 나섰다. 보르도 시내를 여유롭게 구경하고 휴식을 즐기다 저녁 느즈막히 선수단 버스가 있던 호텔로 향했다. 저녁 7시쯤 도착했는데 선수단 버스는 보이지 않았다. 호텔 로비에서 커피 한잔 마시면서 정말 여유롭게 기다렸다. 이미 그때는 만날 수 있을 거란 확신이 100% 가득 차 있었다. 1시간 정도 기다린 후에 선수단 버스가 호텔 앞에 도착했다.

여러 선수가 차례로 들어오고 뒤늦게 황의조 선수를 만났다. 황의조 선수는 “안녕하세요.”라고 인사를 건네고 활짝 웃으며 맞이해 주었다. 셀카도 찍고 잠깐이지만 담소도 나누었다. 무슨 이야기를 나누었는지 자세히는 기억나지 않지만 피곤한 모습이 역력해 “내일 경기장에서 좋은 모습 보여주세요.” 하고 금방 헤어졌다.

헤어진 후에야 보르도 원정의 목표였던 실착 유니폼을 줄 수 있는지 물어보는 것을 깜빡했다는 사실을 알아차렸다. 그래도 미리 만들어간 현수막이 있으니 희망을 잃지 않고 다음 날 경기장으로 향했다. 경기장에 도착해서 미리 만들어 온 과자들을 팬들에게 나눠 주고 경기를 관람했다. 황의조 선수는 좋은 컨디션으로 상대 골문을 계속 두드렸지만 골은 아쉽게도 터지지 않았다. 경기가 끝난 후 나는 현수막을 흔들며 황의조 선수를 목청 터져라 불렀다. 황의조 선수는 경기장에서 선수들과 인사를 나눈 뒤 우리 쪽을 향해 걸어왔다. 그리고 땀에 젖은 유니폼을 벗어 내게 던져 줬다. 믿기지 않았다. 정말로 받을 수 있을 거라고는 꿈에도 생각하지 않았다. 만나서 이야기 나눈 것만으로도 이미 황의조 선수에게 충분히 고마워서 유니폼까지는 정말 어디까지나 바람이었지 기대하지는 않았다.

경기가 끝나고 유니폼에 사인받으려 기다렸다. 얼마 기다리지 않아 황의조 선수가 차에서 나와 유니폼과 함께 사진을 찍었다. 고맙다고 몇 번이나 말한 줄 모르겠다. 아쉽게도 사인을 받지는 못했다. 유니폼이 워낙 젖어 있던 데다 날이 추워서 유니폼이 채 마르지 않아 다음에 다시 와서 꼭 사인을 받겠다고 했다. 그 뒤로 아쉽게도 황의조 선수를 만나지 못했는데 그때 받은 유니폼을 들고 꼭 한번 찾아가고 싶다. ⚽

내 인생 최고의 경기

OVERTIME

사람들이 가장 많이 묻는 질문 중 하나가 “직관한 경기 중 최고의 경기가 무엇이에요?”이다. 이 질문을 받을 때마다 나는 망설임 없이 2019년 UEFA 챔피언스 리그 4강전인 토트넘과 AFC 아약스AFC Ajax 2차전 경기를 뽑는다. 리버풀이 이미 결승전에 올라가 있었고 손흥민 선수의 토트넘과 AFC 아약스(이하 아약스)가 마지막 결승 한 자리를 두고 암스테르담의 요한 크루이프 아레나Johan Cruijff Arena에서 경기를 펼쳤다. 나는 손흥민 선수를 응원하기 위해 토트넘 원정석 티켓을 어렵게 구해서 관람했다.

토트넘의 유니폼을 갖춰 입고 런던에서 암스테르담으로 이동했다. 공항에서 나와 택시 정류장을 찾는데 공항 경호원 두 명이 내게 다가오더니 암스테르담 시내에서 토트넘 유니폼을 입는 것을 조심하라고 일러주었다. 그들의 말이 맞았다. 다른 팀의 홈그라운드에서 상대 팀의 유니폼을 입고 있다면, 거친 팬들에게 눈총을 받기 십

상이다. 나는 최소한의 짐만 가져가기 위해서 토트넘 유니폼 하나만 챙겨서 암스테르담에 왔다. 옷을 들고 다니기 귀찮아서 아예 입고 있었다. 평소의 나라면 당연히 조심했을 텐데 며칠간 잠을 제대로 자지 못해서 전혀 생각도 못 했다. 나는 후다닥 유니폼을 벗어 들고 호텔로 향했다. 암스테르담에 머물 호텔도 토트넘 선수단이 머무는 호텔로 예약했다. 생각보다 금액도 비싸지 않았다.

호텔 체크인을 하고 로비에서 기다리면서 루카스 모라, 에릭 라멜라, 위고 요리스 등 몇몇 선수들을 마주쳤다. 물론 사진이나 사인을 요구하지는 않았다. 경기가 있는 중요한 날에는 선수들을 충분히 배려해야 하고, 이럴 때는 나도 사인이나 사진을 요구해 그들을 귀찮게 하거나 부담을 주고 싶지 않다. 그러다 정말 우연하게도 당시 토트넘 소속이었던 요렌테 선수는 호텔에서 내 방이 있던 층에서 만났다. 보통 원정 경기는 선수들의 가족들이 와서 함께 머물곤 한다. 마침 운명처럼 요렌테 선수의 가족들이 나와 같은 층에 묵고 있었고 엘리베이터 앞에서 인사도 나누었다. 요렌테는 아버지에게 나를 스페인어로 소개했는데 알아듣지는 못했지만 요렌테의 말을 들은 요렌테 아버지가 내게 포옹을 하셨다. 아마도 본인을 좋아하는 열성 팬이라고 나를 소개하지 않았을까 싶다.

그렇게 기쁜 마음으로 경기장으로 향했다. 도착하고 보니 분위기에 압도당해 무섭기도 했다. 택시에서 내리고 보니 누가 봐도 홈팀 관중들이 있는 곳이었고 나는 땅만 보면서 원정석 구역으로 재빠르게 이동했다. 홈팀의 관중들을 요리조리 잘 피해 들어온 경기장은 웅장했다. 크루이프 아레나도 꽤 큰 경기장이고 원정석은 3층 꼭대기였지만 경기를 관람하는 시야가 나쁘지 않았다. 나는 맥주 한잔으로 목을 축이고 경기를 관람했다. 토트넘은 홈에서 1:0으로 패배한 상황이라 이 경기를 반드시 이겨야 했고 아약스 입장에서는 지키기만 하면 결승행 티켓을 거머쥐는 것이었다. 전반이 시작되고 5분 만에 아약스의 골이 터졌다. 30분 정도 뒤 아약스는 한 골을 더 추가했다. 통합 스코어 3:0으로 토트넘은 3골을 넣어 동점을 만들어야 결승 진출이 가능한 상황이었다. 그렇게 전반전이 끝나자 원정석에는 먼저 런던으로 돌아가겠다며 자리를 뜨는 팬들이 생겨났다. 나는 옆에 있던 토트넘 원정 팬 세 명과는 경기 전부터 친해져서 이야기를 많이 나누었는데 그들도 이미 포기 상태였다. 아버지와 아들 둘이었던 그들은 분을 이기지 못하고 쉬는 시간 10분 내내 욕을 해댔는데 내가 평생 들어볼 영어 욕을 이때 다 들은 것 같다.

후반전이 시작됐고 희망의 불씨를 품고 있던 나와 원

정 팬들은 열정적으로 응원했다. 10분 정도 지났을 때쯤 모라가 첫 추격 골을 넣었다. 그때까지만 해도 토트넘 팬들은 별 반응이 없었다. 하지만 5분 뒤 다시 모라의 두 번째 추격골이 나왔을 때는 달랐다. 원정석은 미친 듯이 달아올랐다. 함성은 물론이고 다들 난리도 아니었다. 이제는 정말 희망이 보이는 경기로 변해가고 있었다. 하지만 그 뒤로 아쉬운 찬스들만 계속되었고 85분이 조금 지났을 무렵, 꽤 많은 팬이 포기한 채 자리를 떠나고 있었다. 그리고 90분이 되었고 추가 시간이 5분 주어졌다. 5분이면 그래도 해 볼 만한 시간이었다.

경기장에 남아 있던 팬들은 목 놓아 <Come on you Spurs>를 외치고 있었다. 그렇게 추가 시간이 거의 다 지나갔고 토트넘의 마지막 공격, 그 말도 안 되는 시간에 말도 안 되는 골이 터졌다. 또 모라였다. 템포가 빠르게 진행되는 상황에서 골문 앞에서 왼발로 때린 슛이 그대로 골대 안으로 빨려 들어갔다. 온몸에 전율이 느껴졌다. 이런 어마어마한 경기를 내 두 눈으로 직접 본 감동은 정말 대단했다. 게다가 손흥민 선수가 챔피언스 리그 결승전에 간다는 감동까지 더해서 나도 모르게 눈물이 났다. 마지막 그 골이 들어갔을 때는 내 옆에 있던 피터라는 친구는 흥분한 나머지 의자에서 뒹굴기까지 했다. 경기는 통합 스코어 3:3으로 끝이 났고 원정 다득점 원칙에 따라 토트넘이 결승전에 진출했다. 토트넘 선수들과 코치진들은 원정석 쪽으로 다가와 박수를 치고 소리를 지르며 승리의 기쁨을 만끽했다. 지금도 이 경기의 골 장면을 찾아보면 그때의 감동과 전율이 온몸으로 퍼진다. ⚽

선수교체 3: 독일에서 만난 한국인

OVERTIME

⚽ 독일에서 만난 한국인 선수 중 지금도 가장 응원하는 선수가 두 명이 있다. 바로 홀슈타인 킬Holstein Kiel에서 뛰었던 이재성 선수와 서영재 선수다. 두 선수를 처음 만난 건 뉘른베르크에서의 원정경기였다. 이재성 선수와 서영재 선수의 경기를 보려고 했는데 홈경기가 없어 원정경기가 있는 뉘른베르크로 갔다. 일전에 아부다비로 국가대표팀의 경기를 보러 갔을 때 이재성 선수에게 사인을 받으면서 대화를 나누었는데, 나중에 꼭 경기를 보러 가겠다고 했고 그 약속을 지키기 위해 독일로 가게 됐다. 예전에도 가본 도시였지만, 여전히 뉘른베르크는 생소한 느낌이 많이 드는 도시였다. 낯설지만 상관없다. 어차피 뉘른베르크까지 오게 된 것은 오로지 두 선수를 만나기 위해서였으니까.

원정팀 좌석을 구하고 싶었지만 홀슈타인 킬(이하 킬)

은 작은 구단이라서 내가 원정석을 구하는 것은 정말 쉽지 않았다. 어쩔 수 없이 홈팀 좌석으로 구매해 경기를 보러 들어갔다. 경기장은 육상트랙이 설치된 종합운동장 느낌이어서 개인적으로 선호하는 타입의 경기장은 아니었다. 그래도 통로 쪽 좌석이어서 선수들을 만나기는 어렵지 않았다. 경기 시작 전 워밍업을 하기 위해 선수들이 피치로 나왔다. 당연히 이재성 선수와 서영재 선수의 모습도 볼 수 있었다. 나는 그들을 부르며 손을 흔들었다. 두 선수는 손 인사와 함께 웃음으로 화답해 주었다. 나는 경기장도 한바퀴 둘러보고 독일 축구장에 온 만큼 맥주 한 잔에 소시지와 함께 경기 관람을 시작했다. 이재성 선수는 선발로 경기에 나섰고 서영재 선수는 벤치에서 시작했다. 독일 관중들의 응원은 뭔가 기합 소리를 듣는 것처럼 느껴졌고 경기 내용도 꽤 흥미진진하게 흘러갔다. 이재성 선수는 이날 골도 넣었고 경기 MOM Man of the match을 받았던 것으로 기억한다.

경기가 끝나고 나는 준비해 간 국가대표 유니폼에 이재성 선수와 서영재 선수의 사인을 받았다. 그리고 경기장 밖에서 선수들을 기다렸다. 씻고 나온 두 선수와 사진도 찍고 이야기를 나눴는데 이재성 선수는 내게 킬로 오면 경기를 보여준다고 했고 서영재 선수는 밥을 사준다는 기쁜 약속을 받았다. 이런 이야기를 듣고 안 갈 수가 있나.

나는 뉘른베르크 일정을 끝내고 얼마 지나지 않아 독일 북쪽에 위치한 킬로 가는 일정을 잡았다. 킬로 가는 건 쉽지 않았다. 킬은 덴마크 가까이 붙어 있는 독일의 아주 작은 도시라 교통이 불편했다. 나는 런던에서 베를린행 비행기를 타고 이동한 뒤 베를린에서 다시 함부르크행 기차를 탔고, 함부르크에서 다시 킬까지 기차로 이동했다. 긴 여정 끝에 마침내 킬에 도착했다. 숙소에 도착하자마자 엄청난 피로감이 몰려와 아무것도 하지 못하고 그대로 곯아 떨어졌다. 다음 날 킬 경기를 관람했다. 낮에는 이재성 선수와 서영재 선수에게 줄 선물들을 정리하느라 시간 가는 줄 몰랐고 저녁이 되어서 경기장으로 출발했다. 정말 고맙게도 이재성 선수는 VIP 좌석에 내 자리를 마련해 주었고 나는 맛있는 음식들이 가득하고 시야가 아주 좋은 좌석에서 경기를 즐겼다. 킬은 독일 2. 분데스리가의 작은 구단이고 경기장도 작아 기대하지 않았는데 생각보다 VIP 좌석의 서비스가 좋았다. 이날은 백승호 선수도 볼 수 있었다. 킬과 SV 다름슈타트 98SV Darmstadt 98의 경기였고 이재성, 서영재 선수와 백승호 선수의 맞대결을 볼 수 있었다. 이재성 선수는 어시스트를 기록하며 좋은 활약을 보였고 경기는 1:1 무승부로 마무리됐다.

경기가 끝나고 "헤어스타일이 바뀌었네요." 하며 이재성 선수가 내게 먼저 말을 걸어왔고 이런저런 이야기를 나눴다. 서영재 선수와도 두 번째 봤다고 괜히 친한 척을 해보기도 했다. 백승호 선수는 원정팀이라 복귀 때문에 사진만 가볍게 찍을 수밖에 없어 아쉬웠다. 자랑스러운 한국의 선수 세 명을 한 경기에서 볼 수 있어서인지 한국 팬이 꽤 많았다. 많은 인파로 경기장 안에는 더 있을 수 없어 우리는 경기장 밖에서 선수들을 기다렸다.

이재성, 서영재 선수는 퇴근할 채비를 하고 나왔고 피곤한 와중에도 한 명 한 명 팬 분들에게 사인을 해주었다. 경기장 주차장 앞에 서서 우리 일행을 포함한 대략 열 명 정도의 팬들은 선수들과 30분을 넘게 이야기를 나눴다. 그러다 서영재 선수의 한마디가 엄청난 파장을 몰고 왔다. 서영재 선수가 장난으로 "재성이 형 집에 가서 밥이라도 먹고 가시면 좋은데…"라고 말했다. 장난끼 가득한 말투에 누가 봐도 그냥 해본 말이었다. 그러자 이재성 선수가 "그럴까요? 다들 괜찮으시면 저희 집에서 간단하게라도 드시고 가실래요?"라고 했다. 옆에 계시던 이재성 선수의 어머님도 말씀하셨다. "이렇게 다들 감사하게 와

주셨는데 뭐라도 해드려서 보내야죠."라며 얼른 가자고 하셨다. 그렇게 갑자기 대략 열 명의 팬들은 서영재와 이재성 선수, 이재성 선수의 친형 차를 각각 나눠 타고 이재성 선수의 집으로 가게 됐다. 가면서도 참 믿기지가 않았다. 이게 말이 되는 건가 싶으면서도 신기하고 새로운 경험이었다.

이재성 선수의 집에 도착한 팬들은 추운 날씨로 얼었던 몸을 녹이면서 서로 자기소개를 했다. 모든 진행은 서영재 선수가 했다. 직접 서영재 선수한테도 몇 번 이야기했지만 서영재 선수는 MC나 예능 쪽 재능을 타고난 사람이다. 그렇게 놀다 보니 이재성 선수의 어머니께서 떡볶이와 다과를 준비해 주었다. 타지에서 먹는 귀한 엄마 손맛이었다. 배가 터질 정도로 맛있게 먹었다. 잊을 수 없는 좋은 시간이었다. 어느새 자정이 넘었고 이재성 선수와 서영재 선수는 모두를 일일이 숙소 앞까지 차로 데려다 주었다. 아직도 잊지 못한다. 이재성 선수가 마지막으로 나와 내 일행들을 내려준 뒤 창문을 내리고 가면서 "내일 봐요." 하고 떠나던 그 장면은 잊히지 않는다.

다음 날 우리는 킬 훈련장에 이재성 선수와 서영재 선수의 선물을 캐리어에 싸들고 갔다. 처음에는 낯설게만 느껴졌던 동네가 이제는 정겨움 그 자체였다. 작은 동네에 있는 구장이라 그런지 훈련장 안을 아무렇지도 않게 활보할 수 있다는 것 자체가 참 신기했다. 훈련장에서 이재성 선수와 서영재 선수를 만났고 훈련하는 것도 구경했다. 서영재 선수는 친한 외국인 선수와 같이 훈련하러 왔는데, 외국인 선수한테 한국 문화를 제대로 알려주었는지 외국인 선수가 허리 굽혀 인사도 해주었다. 훈련장에서 구경만 하지는 않았다. 밖으로 나온 볼을 안에다 다시 넣어주는 볼보이 역할을 톡톡히 했다. 지금 생각해 봐도 참 재미난 경험이다. 훈련이 다 끝나고 이재성 선수와는 잠시 이야기만 나누고 갔다. 미리 잡힌 인터뷰와 다른 일정 때문에 바로 이동해야 해서 함께 식사하지 못해 아쉽다고 말하는 그 모습에 또 다른 감동을 받았다. 다음을 기약하며 우리는 서영재 선수 차를 타고 서영재 선수가 자주 간다는 식당에 가서 함께 밥을 먹었다. 나는 축구를 좋아하는 한 명의 흔한 팬일 뿐인데 이런 경험을 할 수 있다는 것에 늘 감사함을 느낀다. ⚽

↖ ↑ 이재성 선수의 집에서 모인 팬들, 함께 먹은 떡볶이

↑ 이재성 유니폼과 사인

에필로그, 추가시간 3분

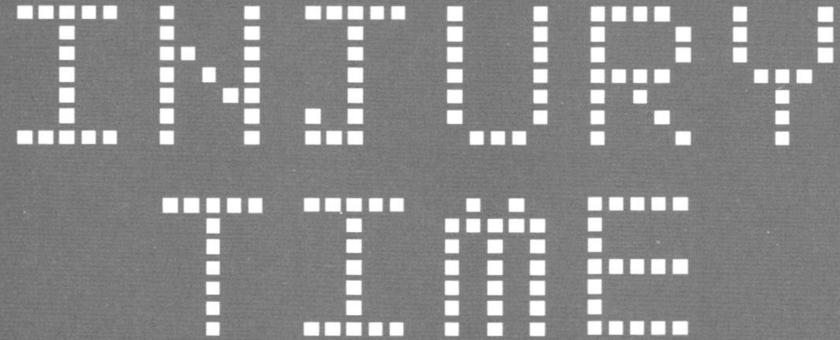

풀타임
90분을 달릴 수 있었던 이유

INJURY TIME

⚽ 누구나 삶이 힘들고 지치는 시기가 분명 있다. 내가 지금 그렇다. 정말 많이 지쳤고 정말 많이 힘들다. 굳이 경험하지 않아도 될 일들까지 겪어가며 번아웃이 왔다. 그렇다고 후회하지는 않는다. 그것들을 통해 더 나은 경험을 할 수 있는 발판을 마련할 수 있었으니까. 지금까지 풀타임을 달릴 수 있었던 가장 큰 이유는 '동료'였다.

나는 부산에서 회사 생활을 하다가 서울로 올라와 여행사를 차렸다. 꼭 함께하고 싶은 동료가 있었고 그를 설득해 서울로 데려왔다. 그에게도 큰 선택이었다. 잘 다니던 회사를 그만두고 30년 부산 토박이가 뒤늦게 서울살이를 하러 오는 것이 얼마나 큰 결심이었을까. 나를 믿고 와준 이에게 대한 책임감이 컸다. 물론 나 자신의 앞날을 위해서도. 하지만 나는 나를 아주 잘 알고 있다. 나는 나를 위해 혼자 일할 때보다 동료들과 함께 믿음을 가지고 일할 때 더 큰 성과를 내는 사람이라는 것을. 나를 믿고 같이 일하는 사람들을 위해 최선을 다하고 그들에게 부끄럽지 않은 사람이 되기 위해 나는 그동안 열심히 달려왔다. 지금은 많이 아쉽다. 회사가 폐업했고 끝까지 함께 하자던 동료들도 떠났다. 개인의 잘못이 아닌 코로나19라는 큰 벽이 우리를 가로막아 더욱 아쉬운 마음이 크다. 부산에서 올라온 나의 동료가 한 말이 있다. “저는 지혁 씨를 믿어요.” 그 한마디가 내게 부담감으로 작용하기보다는 오히려 더 열심히 해야 하는 동기부여 요소로 작용했다. 지금도 그렇다. 나는 일할 때 동료들이 나의 전부라고 생각하고 일한다. 혼자서도 잘할 수 있는 일이 분명 있겠지만 하나보다 둘이 낫고 둘보다 셋이 낫다고 생각한다.

또 다른 이유는 가족이다. 아버지는 내가 하고 싶은 것들을 응원해 주셨다. 그게 무엇이든 아버지는 항상 말씀하셨다. “하고 싶으면 해야지. 경험은 좋은 경험이든 나쁜 경험이든 그 안에 가치가 있다.” 그래서 나는 남들과는 정말 많이 다른 삶을 살아왔다. 고등학교도 일찌감치 그만두어 검정고시를 보기도 했고 설거지, 배달, 동물 탈 쓰기, 주유소 등 아르바이트도 안 해본 거 없이 해봤다. 대학교 때는 동기들과 회사를 차려서 쫄딱 망해보기도 했다. 어린 나이에 가족들과 떨어져 타지 생활을 해보기도 했고 심지어 혼자 말도 통하지 않는 외국에서 살아보기도 했고, 군대가 적성이 맞는다고 생각해 사관학교에 들어가 생도 생활을 경험하기도 했다. 최근에는 유튜버까지 정말 다양한 경험을 해왔다. 어느 하나 후회되는 것은 없다. 그리고 그런 선택들을 하기까지 가족들의 믿음과 응원이 있었다. 무엇보다 아버지께서 늘 하시던 말씀이 기억난다. “네가 무엇을 하든 누군가 대신 결정해 줄 수 있는 건 없다. 너의 인생이고 모든 것은 네가 선택하는 것이다.” 그 말씀에 책임이라도 지시는 듯 아버지는 지금까지 내게 한 번도 선택을 강요하신 적이 없다. 항상 그때마다 “잘 생각해 보고 결정해.”라는 말만 하셨다. 나를 믿어주는 마음이 나를 더 단단하게 강하게 만들어준 아버지의 교육방식이 아니었나싶다.

남들은 내게 이런 말들을 많이 한다. “좋아하는 걸 하면서 일하니까 좋겠어요.”, “여행 많이 다니니까 부러워요.” 축구도 정말 좋아하고 여행도 정말 좋아한다. 하지만 꼭 그렇지만은 않다. 나는 여행 가이드를 하러 갈 때도 유튜브 촬영을 하러 갈 때도 즐긴다는 느낌이 든 적이 없다. 똑같지 않을까 싶다. 일은 일이다. 내가 아무리 축구를 좋아하고 여행을 좋아한다지만 내게는 다른 사람들이 생각하는 일들과 크게 다르지 않다. 복에 겨운 이야기를 한다고 할 수 있겠지만 사실이다. 그래도 지금까지 이렇게 달려올 수 있었던 이유가 그것들에 대한 관심도가 무척 크기 때문인 건 맞다. 결국 내가 좋아하기 때문에 힘들어도 지쳐도 잘 버텨낸 것 같다는 생각이 참 많이 든다. ⚽

부록, 축구 대장이 간다

영국, 런던

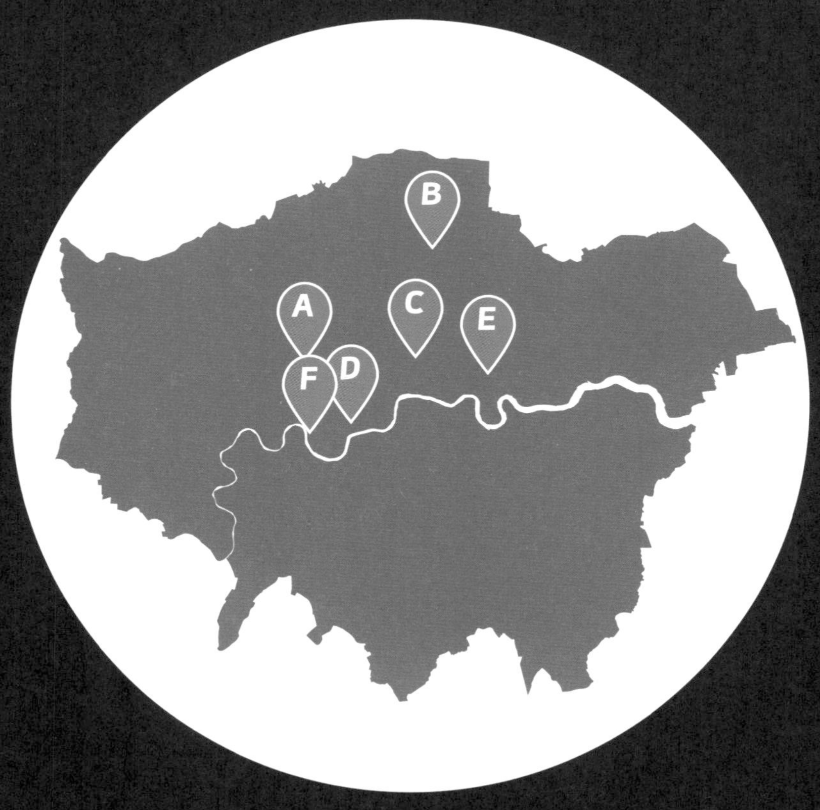

LONDON

웸블리 스타디움
Wembley Stadium

웸블리 스타디움은 영국 최대 규모의 경기장이다. '축구의 성지'라고도 불리는 이곳은 2007년에 개장했으며, 9만 석의 규모를 자랑하고 있다. 웸블리 스타디움은 축구를 향한 뜨거운 열기를 담기 위해 드넓은 규모로 설계된 만큼, '건설비가 가장 많이 든 경기장'이라는 기록 또한 갖고 있다. 이곳에서는 UEFA 챔피언스 리그 결승전, FA컵 결승전 등이 열린다. 경기장에서 가장 가까운 역은 웸블리 스타디움역으로, 웸블리 스타디움을 기준으로 남서쪽 약 400m 떨어진 곳에 위치해 있다.

➔ Wembley, London HA9 0WS, UK

토트넘 홋스퍼 스타디움
Tottenham Hotspur Stadium

토트넘 홋스퍼 FC의 홈구장으로 2019년에 개장했다. 해당 경기장은, 기존의 100년 된 '화이트 하트 레인 경기장'의 노후화로 새롭게 건설되었다. 설계자는 파퓰러스Populous로, 이는 창원 NC 파크의 설계자이기도 하다. 토트넘 홋스퍼 스타디움의 개장 후 첫 골은 '손흥민 선수'가 거머쥐기도 했다. 경기장은 약 6만 2천 명의 인원을 수용할 수 있는 좌석이 있으며, 설계 비용만 10억 파운드가 들었다고 한다. 토트넘 홋스퍼 스타디움은 화이트 하트 레인 기차역에서 도보로 갈 수 있고, 주변에 카페와 레스토랑이 많다.

➔ 782 High Rd, Tottenham, London N17 0BX, UK

에미리트 스타디움
Emirates Stadium

아스널 FC의 홈구장으로, 프리미어 리그 구장 중 세 번째로 큰 규모로 알려져 있다. 이는 기존 아스널의 홈구장이었던 하이버리 스타디움을 대체해 만들어졌다. 경기장은 약 6만 명을 수용할 수 있는 좌석이 배치되어 있으며, 건설을 위해 약 4억 파운드가 들었다고 한다. 또한 런던의 한복판에 자리를 잡아, 티켓 가격이 다른 곳보다 비싼 것으로도 잘 알려져 있다. 에미리트 스타디움의 특징은, 좌석이 경기장과 수평을 이루고 있어 경기를 한눈에 볼 수 있다는 점이다. 에미리트 스타디움에서 가장 가까운 역은 아스널역이 있다.

➔ Hornsey Rd, London N7 7AJ, UK

스탬퍼드 브리지
Stamford Bridge

첼시 FC의 홈구장으로 1877년에 설립된 이후 줄곧 경기장으로 사용하고 있다. 첫 개장 당시에는 트랙이 포함된 종합 경기장이었는데, 입석과 좌석을 포함하여 약 10만 명의 관중이 입장할 수 있었다. 1990년대에는 경기장 내 노후화된 트랙을 없애고, 안전 조치 법안에 따라 좌석식으로 보수하였다. 제1차 세계대전이 끝나고 1920년부터 1922년까지 3년 동안 FA컵 결승전이 열리던 곳이기도 하며, 현재는 웸블리 스타디움에서 진행되고 있다. 스탬퍼드 브리지는 유서 깊은 경기장인 만큼, 축구 경기 관람을 위해서 뿐 아니라 가보는 것에 의미가 있다. 경기장에서 가장 가까운 역에는 풀햄 브로드웨이가 있다.

➔ Fulham Rd, Fulham, London SW6 1HS, UK

런던 올림픽 스타디움
London Stadium

2012년 런던 올림픽의 경기장으로 건설되었고, 지금은 웨스트햄 유나이티드 FC의 홈구장으로 사용한다. 런던 올림픽 경기장은 세계 최초 '친환경 올림픽 경기장'이라는 특징이 있다. 이곳은 원래 쓰레기 매립장이었으며, 개최지로 결정되면서 토양 200만 톤을 정화해 생태공원으로 만들었다고 한다. 또한, 건설 당시 폐원자재를 활용한 덕분에 비용을 크게 줄였다. 덕분에 경기장이 지어지는 과정을 설명하는 흥미로운 투어도 있는데, 이는 많은 사람의 사랑을 받고 있다. 가장 가까운 역은 스트랫퍼드역이다.

➔ London E20 2ST, UK

크레이븐 코티지
Craven Cottage

풀럼 FC의 홈구장으로, 런던 서부에 위치한다. 크레이븐 코티지의 첫 축구 경기는, 1896년 10월 10일이었다고 하며, 상당히 오래된 경기장으로 영국의 문화재 중 하나이다. 좌석 수는 약 2만 5천 개로, 비교적 수용 인원이 많지 않은 편이다. 크레이븐 코티지를 지을 당시 사용한 붉은 벽돌과 나무 좌석은 지금도 사용되는데, 덕분에 전통적인 분위기를 느낄 수 있으며 '토끼오두막'이라는 별명을 얻게 되었다. 또한, 크레이븐 코티지는 스탬퍼드 브리지, 템즈강 가까이 있다는 점도 특징적이다. 경기장에서 가장 가까운 역은 푸트니역이다.

➔ Stevenage Rd, Fulham, London SW6 6HH, UK

이탈리아

ITALIA

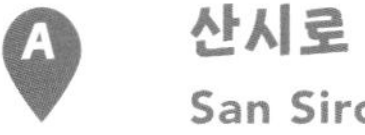

산시로
San Siro

A.C. 밀란과 인터밀란의 홈구장으로 사용한다. 경기장은 1925년 건설되었으며, 1996년에는 박물관도 설치되었다. 덕분에 박물관과 경기장 투어를 함께 즐길 수 있는 곳이라 인기가 있다. 경기장의 원래 명칭은, 지역의 이름을 따서 '산 시로'였으나, 이탈리아를 축구에 열광하게 만들었던 축구 영웅, 주세페 메아차의 이름을 따서 '스타디오 주세페 메아차'로도 불린다. 스타디오 주세페 메아차에서 가장 가까운 역은 산 시로역이다.

➔ Piazzale Angelo Moratti, 20151 Milano MI, Italy

알리안츠 스타디움
Allianz Stadium

유벤투스 FC의 홈구장은 토라노에 위치해 있다. 해당 경기장은 개장 당시, '유벤투스 스타디움'으로 불렸으나, 현재는 '알리안츠 스타디움'으로 불리고 있다. 해당 경기장은 2011년 완공되어 약 5만 명의 관객을 수용할 수 있다. 유벤투스 스타디움의 첫 경기는 세계에서 가장 오래된 프로 축구팀 '노츠 카운티'와의 경기이며 무승부에 끝났다. 경기장의 근처에는 베나리아 궁전이 있으며 유네스코 세계유산으로 지정되어 있다. 도심 외곽에 있어 찾아가기가 다소 어렵지만, 버스를 이용하면 된다.

➔ Corso Gaetano Scirea, 50, 10151 Torino TO, Italy

스페인

산 마메스
San Mamés

빌바오에 있는 산 마메스는 아틀레틱 클럽 데 빌바오의 홈구장이다. 1913년 건설되었으나, 재건축으로 인해 2013년 9월 16일 재개장하였다. 구 산 마메스는 약 7천 명의 관중을 수용했으며, 현재는 약 4만 5천 명의 관중이 수용 가능하다. 해당 경기장은 성 마메스의 예배당이 위치해 있던 자리에 세워졌는데, 산 마메스라는 이름도 여기에서 가져왔다고 한다. 산 마메스가 가진 역사와 이름 덕분에 '대성당'이라는 별명을 얻었다는 점이 특징적이다. 외부에는 LED 조명 시스템이 있어, 야간의 아름다운 모습은 관광 요소로 인기다. 또한, 친환경 인증제도인 LEED 인증서를 받은 최초의 유럽 축구 경기장이다. 산 마메스가 있는 빌바오 내에서는 트램을 이용하면 이동하기 편리하다.

➔ P.° Rafael Moreno 'Pitxitxi', s/n, 48013 Bilbao, Biscay, Spain

산티아고 베르나베우
Santiago Bernabéu

레알 마드리드의 홈구장으로, 우주선을 닮았으며 그 형태가 웅장하다는 특징으로 유명하다. 또한, 1944년 10월 27일 개장하였는데 당시 약 7만 5천 명의 인원을 수용했다고 알려져 있다. 현재는 약 8만 명의 인원을 수용할 수 있다. 산티아고 베르나베우는 UEFA 챔피언스 리그 결승전, UEFA 유로 결승전, FIFA 월드컵 결승전을 모두 개최한 경기장으로 알려져 있다. 게다가 레알 마드리드의 역사를 되짚어볼 수 있는 박물관이 갖춰져 있어서 볼거리가 많다. 경기장에서 가장 가까운 역에는 산티아고 베르나베우역이 있다.

➔ Av. de Concha Espina, 1, 28036 Madrid, Spain

캄 노우
Camp Nou

FC 바르셀로나의 홈구장으로 10만 명가량의 관중을 수용할 수 있는 경기장으로, 세계에서 가장 큰 축구 전용 경기장이라고 전해진다. 경기장의 노후화로 인해 2019년도부터 리모델링 중이며 2024년에 완공하는 것이 목표라고 알려져 있다. 동시에 기존에는 누 캄프, 캄프 누로 불렸으나, 지금은 카탈루냐어로 '새로운 경기장'이라는 뜻의 '캄 노우'로 확정되었다. 또한, 새로운 경기장은 건물 외벽 조명이 자유롭게 변경이 가능하고, 경기장 내부의 좌석 수가 늘어나고 이동성도 향상할 것이라고 전하여 큰 기대를 얻고 있다. 가장 가까운 역은 레스 코르츠역이 있다.

➔ C. d'Arístides Maillol, 12, 08028 Barcelona, Spain

EPL
LA LIGA
SERIE A
BUNDESLIGA
LIGUE 1

유럽 축구 직접 만나러 갑니다
: 축구 대장 곽지혁의 사인 도전기

초판 1쇄 인쇄 2022년 10월 20일
초판 1쇄 발행 2022년 10월 27일

지은이 곽지혁
펴낸이 이준경
편집장 이찬희
책임편집 김아영
편집 김경은
책임디자인 김정현
디자인 정미정
마케팅 이수련

펴낸곳 (주)영진미디어
출판등록 2011년 1월 6일 제406-2011-000003호
주소 경기도 파주시 문발로 242 파주출판도시 (주)영진미디어
전화 031-955-4955
팩스 031-955-4959
홈페이지 www.yjbooks.com
이메일 book@yjmedia.net

ISBN 979-11-91059-33-5 03810
값 16,000원